Lidia Kozlova-Benkard (Hrsg.)

Wanderpfade der Liebe

Prosa und Lyrik

AF194556

Wanderpfade der Liebe. Die blaue Blume und der goldene Topf symbolisierten Liebe in der Romantik. Wie erfährt ein moderner Mensch diese Zuneigung? Ist die Gefühlsregung noch modern?

21 Autor:innen nehmen die Leser:innen in Prosa und Lyrik auf atmosphärische Reisen voller Sehnsucht und Hoffnung mit. Jedem Text wohnt ein Herz inne, das auf Wanderung durch Kunst, Spiel, Natur, Mensch und Maschinen geht.

Allererste Annäherungsversuche und Rückblicke aus bereits gesammelten Erfahrungen entführen die Leser:innen in die Tiefen von Unterwasserwelten, über Wälder und Wolken bis zum Mars hinaus.

Die Münchner Schreiberlinge sind eine Gruppe freier Autor:innen in und um München. Kennengelernt haben wir uns in Schreibkursen, Leserunden und Buchveranstaltungen und treffen uns seit Anfang 2017 regelmäßig einmal die Woche zum gemeinsamen Austausch, Schreiben und Lesen.
Einige von uns haben bereits Bücher veröffentlicht, andere schreiben nur für sich und genauso vielfältig wie wir sind auch unsere Texte und Genres.
Über Zuwachs freuen wir uns immer! www.muenchner-schreiberlinge.de

Die Erlöse dieser Anthologie unterstützen den
KulturRaum München e.V..
Kultur ist Nahrung für die Seele. Kultur schafft Zugehörigkeit. Kultur ist der Schlüssel zu einer gelungenen Inklusion in die Gesellschaft. Wir von KulturRaum München wollen, dass Kultur für alle Menschen in München zugänglich ist. Deshalb vermitteln wir gespendete Eintrittskarten für Kulturveranstaltungen kostenlos an Menschen mit geringem Einkommen. Zusätzlich zur Kartenvermittlung engagieren wir uns mit verschiedenen Projekten für mehr kulturelle Teilhabe für alle in München.
Einfach. Kultur für alle.

KulturRaum
München
Einfach. Kultur für alle.

www.kulturraum-muenchen.de

Lidia Kozlova-Benkard (Hrsg.)

Wanderpfade der Liebe

Prosa und Lyrik

Anthologie der
Münchner Schreiberlinge

Bibliografische Information der Deutschen Nationalbibliothek: Die Deutsche Nationalbibliothek verzeichnet diese Publikation in der Deutschen Nationalbibliografie; detaillierte bibliografische Daten sind im Internet über *http://dnb.dnb.de* abrufbar.

Impressum

© 2021 Lidia Kozlova-Benkard (Hrsg.)

Lektorat: Denise Yoko Berndt, Roxane Bicker, Marie Wilhelmsen, Tino Falke, Jochen Stüsser-Simpson, Aimée M. Ziegler-Kraska, Matthias Benkard und Lidia Kozlova-Benkard

Korrektorat: Matthias Benkard

Cover: Daniela Szegedi, www.senestrey.de
unter Verwendung folgender *Depositphotos*-Werke:
Vector Pink Watercolor Hearts © Ramona Kaulitzki
Young couple look at mysterious light in the night sky © Tithi Luadthong
Robot looking at baby in a stroller against starry sky © Tithi Luadthong
Isolated cornflower blue on a white background © Valdis Veinbergs
*Mother and daughter looking at the whale with
blue light flying in the night sky* © Tithi Luadthong

Buchsatz: Matthias Benkard, Lidia Kozlova-Benkard, Karl-Heinz Zimmer
gesetzt aus der EB Garamond
erstellt mit *SPBuchsatz*

Herstellung und Verlag:
BoD – Books on Demand, Norderstedt

ISBN: 978-3-7526-0431-3

Inhaltsverzeichnis

Vorwort

Wie versprochen legen die Münchner Schreiberlinge den Leser:innen zum dritten Mal eine Anthologie vor.

Zum Thema Liebe in Buchform herrschen kontroverse Meinungen. Umso erfreulicher ist es für uns, den Lesenden 21 Autor:innen zu präsentieren, die sich in 10 Prosa- und 20 Lyrikwerken öffnen und ihre Figuren durch die verschlungenen Pfade der Liebe wandern lassen.

In jedem Text findet sich, wie in der Ausschreibung gefordert, das Wort »Herz«, wobei sich alle Teilnehmenden einig sind, dass bei der Liebe das Herz sowieso nicht fehlen darf.

Die Zusammenarbeit an dieser Anthologie basiert, wie auch schon bei ihren beiden Vorgängerwerken, auf unentgeltlicher Beteiligung allerseits.

Die Verkaufserlöse dieses Buches kommen dem gemeinnützigen Verein *KulturRaum München e.V.* zugute.

Dani Aquitaine

Sonnenzungen

Ich schob einen Zweig beiseite und spähte zum anderen Flussufer
hinüber. Nie konnte ich sicher sein, ob sie auftauchte. Es kam mir
vor, als würde genau diese Unwägbarkeit einen Teil des Reizes aus-
machen, der mich täglich vor Sonnenaufgang hierher trieb, wenn
meine Sippenmitglieder noch schliefen.

Ich hatte Glück: Sie saß auf den Kieseln und wusch sich die Zehen
im eisigen Nass der Isar. Es gab zwei Dinge, die ich an ihr liebte. Das
erste waren ihre Füße – oder vielmehr die Hingabe, mit der sie ihre
Sohlen von Erde und Staub befreite, bevor sie sie sorgsam mit einem
Leinentuch abtrocknete und wieder mit einem Bastband im Leder
ihrer Schuhe verschnürte. Das zweite waren ihre dunklen Haare. Sie
reichten ihr bis zum Oberschenkel und wehten sanft in der kühlen
Brise, die den Fluss herabkam. Strähne um Strähne kämmte sie mit
einem beinernen Kamm aus.

Die anderen Frauen, die ich kannte, gaben sich nie solche Mühe;
ihre zerzausten Haare bildeten unförmige Gewitterwolken auf ihren Köpfen. Zwar fasste die Angebetete ihre entwirrten Strähnen
ebenfalls zu einem Knoten zusammen, aber anders als die Frauen meiner Sippe trug sie ihn wie eine Krone, mit geradem Rücken und er-
hobenem Kinn. Ihr Körper war klein, doch ihre Glieder kräftig und
ihre Haltung aufrecht. Für mich war sie eine Königin, und genauso
nannte ich sie in Gedanken. Inzwischen hatte sie ihr Morgenritual
vollendet. Anmutig erhob sie sich, legte sich ihren Lederumhang um

die Schultern – und blickte ruckartig in meine Richtung. Ich erstarrte und hielt die Luft an. Sie konnte mich unmöglich sehen. Die Farbe meiner abgetragenen Fellweste verschmolz mit dem Dickicht hinter mir, und in meinem Gesicht klebten Staub und Stroh aus dem Nachtlager. Und doch ... könnte ich wetten, dass sie mir eben zugezwinkert hatte.

Schlotternd vor Aufregung kam ich bei unserer Siedlung an.

»Wo warst du, du Faulpelz! Das Salz ist angekommen!«, herrschte mich die Oma an. Sie kam aus dem Schatten der Höhle hervorgewatschelt und ließ sich ächzend auf dem morschen Baumstumpf unter der Weide nieder.

Die Oma war das Oberhaupt unserer Sippe, sie führte uns schon seit vielen Jahren mit Weitsicht – und ohne Nachsicht. Ich hatte die runde, runzlige Frau gern, doch wenn ihr Kälte in die Knochen kroch, wurde sie bisweilen bösartig. Dann ließ sie mich ihren Hacklstecken, auch bekannt als zeremonieller Ältestenstab, spüren und schimpfte über Tatsachen, die niemand zu ändern vermochte.

»Herbert!«, wetterte sie beispielsweise über meinen Namen. »Du bist überhaupt kein Herbert! Schau dich an! Ein Herbert ist groß und stark und breit!«

Meine Brüder hätten demnach bessere Herberts abgegeben. Doch die hießen Murg und Joe, denn traditionell erhielten nur die Jüngsten den Namen Herbert, was eine ausgesprochen sorgfältige Familienplanung erforderte. Es war kompliziert. Wie so vieles. Aber ich ließ mich nicht entmutigen. Insgeheim hoffte ich, dass nicht nur Äußerlichkeiten einen Herbert ausmachten und tief in mir, in meinen Gedanken und Ideen, doch ein Kämpfer schlummerte.

Ich beeilte mich, Tante Rosa und Cousine Schnapp je einen Ledersack voll Salz abzunehmen – Frauen, die im Übrigen ebenfalls bessere Herberts abgegeben hätten als ich.

Das Salz war für uns überlebenswichtig, denn nur so waren wir in der Lage, Fleisch zu konservieren. Zweimal im Jahr brach ein Teil der

Sippe auf, um es aus den Bergen zu holen; eine lange, gefährliche Unternehmung, die meinen Onkel und seinen Sohn das Leben gekostet hatte. Vor zwei Sommern hatte ich angeregt, ins Gebirge zu ziehen, um näher beim Salz zu siedeln. Die Oma aber hatte die Orakelknochen studiert und uns im Namen der Götter mit rollenden Augen Elend und Untergang beschieden, sollten wir unser Heim aufgeben. Im Nachhinein war ich heilfroh, dass wir am Fluss geblieben waren. Sonst hätte ich die Königin nicht gefunden.

Während ich die Salzsäcke in der Höhle stapelte und später das Fleisch zerlegte und pökelte, das mein Vater von der morgendlichen Jagd mitgebracht hatte, dachte ich an niemand anderen als die Angebetete. Hatte sie mich wirklich angeblickt? Oder trieben mich der Schlafmangel und die Zuneigung zu ihr in den Irrsinn? Wie sah wohl ihre Augenfarbe aus? Wie mochte sie riechen?

Die Oma merkte, dass ich nicht bei der Sache war, mein Fleiß jedoch hatte sie milde gestimmt. »Na, kleiner Herbert, soll ich mal ein paar Rebhuhnknochen für dich und deine Freundin werfen?«

Einen Moment lang blieb mir die Spucke weg. Ich hatte niemandem von der Angebeteten erzählt und doch hatte meine Großmutter mit ihrem unheimlichen Gespür genau ins Schwarze getroffen. »Oma, ich bin nicht klein! Ich bin 16! Ich bin ein Mann!« Immerhin hatte ich zur letzten Tag-und-Nacht-Gleiche meinen Initiationsritus mit Bravour bestanden, eine Woche im tiefsten, dunkelsten, wildesten Teil des Waldes überlebt und war seitdem ein vollwertiges, erwachsenes Sippenmitglied.

»Natürlich.« Die Oma streichelte über meine sandfarbenen Kopfzotteln. »Was wirst du unternehmen, um ihr Herz zu gewinnen?«

Mir blieb selbiges fast stehen. »Nichts!« Die Oma kam auf Ideen. Als hätte ich nur die geringste Chance, in die Nähe der Königin zu gelangen. »Sie wohnt auf der anderen Seite.«

»Des Hügels?«

»Des Flusses.«

Die Oma nickte vor sich hin und schaute so konzentriert in die

Ferne, dass sich die Furchen um ihre Augen bis zu ihren schlohweißen Schläfen in die Haut gruben. »In einer Woche ist der längste Tag. Geh zu ihr und beschenk sie.«

»Ich werde es nicht schaffen, in so kurzer Zeit ein Boot zu bauen.«

»Nimm die Furt.«

»Die ist drei Stunden entfernt!«

»Dann lauf früh genug los.«

»Und was soll ich ihr überhaupt schenken?«

Da presste die Oma die Lippen fest zusammen und ließ ihren Hacklstecken mit kräftigen Schlägen auf meinen Rücken hinabsausen. »Du Faulbert! Zu faul zu denken, zu faul zu leben, zu faul zu lieben. Mach, dass du davon kommst, sonst –«

Ich wartete Omas Drohungen nicht ab, sondern floh jaulend in den Wald. Weit lief ich nicht; es dämmerte. Bald würden die ersten hungrigen Wölfe durchs Dickicht streifen, und außer einem Steindolch trug ich keine Bewaffnung bei mir. Ich kletterte zwei Äste in einen Walnussbaum hinauf. Von dort aus beobachtete ich aufmerksam die Umgebung und dachte über die Worte meiner Großmutter nach.

Sie hatte Unrecht. Ich war nicht faul. Ich war bloß feige. Zumindest, was die Königin betraf. Die Oma verstand das Problem nicht: Die Angebetete war ein hinreißendes, anmutiges Wesen und ich ... ein Herbert, der nicht mal diesen Namen verdiente. Schlank ... na ja, eher schlaksig, mit Händen, die zupacken konnten, und sturmhimmelblauen Augen. So zumindest hatte meine Mama die Farbe immer genannt. Sie war es auch gewesen, die mir eingeschärft hatte, dass das Schicksal nicht von ein paar alten Knochen, sondern allein von uns selbst abhing. Das hatte sie sich aber nur zu sagen getraut, wenn die Oma nicht zugehört hatte.

Eine ganze Weile lang dachte ich nichts. Ich betrachtete die Nebel, die von der nahen Lichtung in den Wald gesogen wurden, und lauschte den hallenden Rufen des Trauerschnäppers. Und dann kam mir der Gedanke: *Was, wenn ich es einfach versuche?* Was, wenn ich mich kämmte, meine Füße wusch und ihr das allerschönste Geschenk brächte, das der diesseitige Wald zu bieten hatte? Sie könnte mich auslachen. Dann würde ich ihr Isarufer nie wieder betreten. Oder sie konnte mich erwählen. Und ich wäre im Paradies.

Der Mond war aufgegangen, als ich zurück ins Lager schlich und mich im Dunkel der Höhle zwischen meinen Sippenmitgliedern zusammenrollte.

Eine Woche später, am längsten Tag des Jahres, brach ich im Morgengrauen auf. Um vor Nachteinbruch wieder zu Hause zu sein, musste ich jeden hellen Moment ausnutzen. Ich hatte mich von Kopf bis Fuß gereinigt und die Haare, so gut es eben ging, gebändigt. Die Oma hatte meinen Aufbruch mit beifälligem Nicken begleitet, der Vater hatte mir schweigend auf die Schulter geklopft. Im Bündel trug ich Trockenfleisch, ein paar hutzelige Nüsse vom vergangenen Herbst und das schönste Geschenk diesseits der Isar, das ich sorgsam in einige Huflattichblätter gewickelt hatte.

Es war schwül, die Luft am Fluss sirrte und dampfte. Ich lief viele Stunden, bis ich an die Furt kam. Hier lag das Flussbett doppelt so breit vor mir wie zu Hause. Ich nahm mir keine Zeit zu zaudern, sondern packte meine Kleidung in den Ledersack und hob ihn über den Kopf. Dann balancierte ich auf glitschigen Kieseln durch das eisige, klare Nass, das mir bald bis an die Hüfte reichte. Die Strömung zerrte an mir, doch ich gab nicht nach. Wenn ich den Halt verlor, würden mich die Fluten mit sich reißen und meinen Schädel an den Findlingen zerschmettern. Um mich von meiner Furcht abzulenken, konzentrierte ich mich darauf, das Geschenk trocken zu halten.

Zitternd vor Kälte und Anstrengung kam ich auf der anderen Flussseite an. Ein paar Atemzüge lang blieb ich im Kiesbett liegen und ließ mich von der Sonne trocknen.

Der Gedanke an die Königin trieb mich schließlich voran. Eilig verzehrte ich das zähe, salzige Fleisch aus dem Proviant, löschte meinen

Durst mit Isarwasser und marschierte den gesamten Weg zurück, den ich morgens am anderen Isarufer entlanggelaufen war. Am frühen Nachmittag vernahm ich Trommeln; ich näherte mich dem Lager des westlichen Stammes. Am längsten Tag herrschte zwar Frieden zwischen allen Sippen im Umkreis, und ich trug nur mein kleines Steinmesser bei mir, dennoch bewies mir ein stetiges Kribbeln im Nacken, dass ich unter Beobachtung stand. Tatsächlich: Einige Minuten später brach ein hünenhafter Mann mit breiten Schultern und schmaler Stirn aus dem Unterholz hervor und baute sich mit verschränkten Armen vor mir auf.

»Warum bist du hier?«

Mein Mund wurde trocken. Zum ersten Mal sprach ich es laut aus: »Ich werbe um eine eurer Töchter.« Ich richtete mich auf und bemühte mich um einen genauso entschlossenen Gesichtsausdruck wie mein Gegenüber. Zu meiner Erleichterung brach der Wächter nicht in Gelächter aus, sondern nickte nur finster, bevor er mir den Weg freigab.

Dennoch bewegte ich mich leise und unauffällig weiter, bis ich die aus Weidengeflecht und Lehm errichteten, geduckten Hütten erreichte. Ich spähte zwischen dem knorrigen Baumstamm einer Linde und einem Holzgestell hindurch, an dem Fleisch zum Trocknen aufgehängt war. Inmitten der Gebäude jagte eine wilde Horde Kinder herum, ein alter Mann saß auf dem Boden und arbeitete an einem Fischernetz.

Da wurde der Lederlappen vor dem Eingang zu einer kleinen Hütte beiseitegeschoben, und *sie* trat heraus. Meine Königin. Mein Herz hämmerte in meiner Brust, überholte den Takt der rituellen Trommler im Wald. Keine dreißig Schritte von ihr entfernt erkannte ich, wie zauberhaft sie wirklich war. Der warme Ton ihrer makellosen Haut, der Glanz ihrer Haare, die ausnahmsweise offen um ihre runden Hüften wogten, ihre strahlenden Augen – deren Farbton ich noch immer nicht genau festlegen konnte. Doch das würde ich jetzt ändern.

Gleich.

Sofort.

Äh, sobald ich den Mut dazu fand.

Anmutig ließ die Angebetete sich neben dem Alten nieder, um ihm zu helfen. Ich straffte meine Haltung und atmete tief ein.

Ich griff in meinen Lederbeutel, tastete nach dem Geschenk.

Ich – zog mich ruckartig wieder hinter den Baum zurück, denn ein anderer Mann war auf den kleinen Platz zwischen den Hütten getreten: ein wahrer Herbert, muskulös und selbstbewusst. Er verbeugte sich vor der jungen Frau und legte ihr ein Bärenfell vor die Füße. Ich meine, ein richtiges, riesiges Bärenfell! Zottig und muffig und zweifelsohne vom Schenker selbst erbeutet. Der Alte strich anerkennend über den braunen Pelz, das Mädchen nickte huldvoll, doch sobald der Jäger abgezogen war, rollte sie mit den Augen und widmete sich erneut ihrer Arbeit.

Dennoch hatte sein Auftritt meinem Selbstbewusstsein einen empfindlichen Stich versetzt. Ehe ich wieder Mut fasste, begannen die Kinder voll Freude zu kreischen. Sie spritzten förmlich aus dem Weg, als ein Hüne mit einem Baumstamm auf der Schulter ins Lager kam. Ungelogen, ein richtiger, dicker Baumstamm! Den legte er allen Ernstes vor meiner Königin ab, die sich mit gelangweilter Miene bedankte. Meine Arme fühlten sich mit einem Mal weich und kraftlos an. Auch wenn die junge Frau mit dem Geschenk des Hünen nichts anfangen konnte, war die Symbolik klar: Stärke. Mein Geschenk kam mir im Vergleich dazu armselig vor. Sinnlos. Was brauchte die Angebetete? Einen Helden. Jemand, der sie schützte und ihre Zukunft sicherte. Keinen … Spinner. Das Trommeln in meiner Brust ebbte zu einem dumpfen Schmerz ab. Ich schaute zu Boden, erlaubte mir den Anblick meiner Königin keine Sekunde länger, sondern zog mich lautlos zurück.

Die Oma prügelte in meinem Geist mit ihrem Hacklstecken nur so auf mich ein. *Angstbert! Angstbert! Angstbert!*, skandierte sie in meinem Kopf. Ich stolperte wie in Trance durch den Wald, gelangte zur Isar zurück, folgte ihr flussaufwärts Richtung Furt. Massige Wolkentürme hatten sich vor die Sonne geschoben, doch das brachte keine Abkühlung: Die warme, feuchte Luft drückte auf mich herab, erschwerte mir das Atmen und ließ meine Sicht verschwimmen. Ah, verdammt. Hektisch blinzelte ich die Tränen weg. Es half niemandem, wenn ich mich von einem Bären fressen ließ, den ich aus Selbstmitleid übersehen hatte. Ich atmete durch, gönnte mir einen Moment für eine Bestandsaufnahme. Von Raubtieren fand ich keine Spur, die Isar aber hatte einen schlammigen Grünton angenommen, der Himmel die Farbe von giftigem Greiskraut. Schon schlugen einzelne, dicke Regentropfen auf den Blättern rundum ein. In der Ferne grollte es. Jetzt aber schnell!

Windböen beutelten die mächtigen Baumkronen, trieben mich vor sich her, während mich sturzbacharttiger Regen binnen Sekunden durchnässte. Ein Tosen ließ mich aufhorchen. Ich verlangsamte meinen Lauf – und das war gut so, denn nur einen Steinwurf vor mir rumpelte eine Schlammlawine das Hochufer herab, riss Bäume um und Felsbrocken mit sich. Atemlos wartete ich kostbare Minuten ab, ob ein zweiter Erdrutsch folgen würde. Da nichts geschah, wagte ich mich über Gestein und in die Höhe aufragende Baumwurzeln weiter. Da entdeckte ich eine Höhle, die offenbar erst durch die Lawine freigelegt worden war. Es schien verlockend, Schutz darin zu suchen, doch ich musste die Furt überqueren, ehe der Fluss zu reißend wurde. Und da ich weder Bewaffnung noch Jagdwerkzeug bei mir trug, wollte ich nicht längere Zeit in der Höhle ausharren.

Sowie der erste Blitz in die Isar einschlug, bedauerte ich meine Entscheidung. Mein Glaube verbot mir, bei Gewitter draußen herumzulaufen, und, ganz ehrlich: der gesunde Menschenverstand auch. Ich musste mich vom Wasser entfernen, wenn ich überleben wollte. Stolpernd kämpfte ich mich das Hochufer hinauf, durch das Unterholz Richtung Westen, dann durch lichten Wald. Immerhin hatte der Regen nachgelassen.

Und da geschah es: Die Erde begann zu summen, die Luft zu

knistern, die Haare auf meinen Armen stellten sich auf wie von unsichtbaren Fäden gezogen. Mit einem gewaltigen, erderschütternden Knall schlug ein Blitz in den freistehenden Kastanienbaum vor mir ein. Schlotternd vor Angst warf ich mich zu Boden und versteckte das Gesicht in den Händen. In meinen Ohren dröhnte der Nachhall des Donners wie die drohende Stimme des großen Gottes. Keine Ahnung, wie lang ich dort lag und betete. Als keine weiteren Donnerschläge folgten und mir mit einem Mal ein unbekannter, würziger Geruch in die Nase stieg, riskierte ich einen vorsichtigen Blick – und vergaß alles um mich herum. Ich wusste, ich frevelte, und konnte doch nicht wegschauen. Sonnenleuchtende Zungen fraßen am geschwärzten Baum, beißende Schwaden strebten, zusammen mit funkelnden Sternschwärmen, den düsteren Abendwolken entgegen. Das musste das verbotene Element sein, vor dem uns die Alten immer gewarnt hatten.

Feuer.

Ohne es zu wollen, hatte ich mich ihm genähert; seine Wärme taugte mir. Als ich jedoch auf einen herumliegenden, orangeflimmernden Ast trat, stach mich die Hitze durch den Schuh, ich hüpfte jaulend auf. In dem Wissen, dass die Götter meine – durch den Anblick des verbotenen Elements – verdorbene Seele ohnehin verschlingen würden, begutachtete ich das Wunder voller Neugierde. Ich stellte zweierlei fest: Der Lehmboden unter dem Feuer wirkte wie versteinert. Und das Eichhörnchen, das offenbar im falschen Baum Schutz gesucht hatte, schmeckte hervorragend. Ich lernte außerdem, dass leichter Wind die Sonnenzungen antrieb, zu viel davon sie aber vernichtete; dass sie Holz, jedoch kein frisches Gras fraßen, und die meiste Hitze in den orange-rot leuchtenden Steinen steckte.

Funkelströme tanzten in den Himmel und die Regenwolken verzogen sich. Es war das Schönste, was ich je gesehen hatte. Nun, neben meiner Königin versteht sich.

Die Königin! Sie musste dieses Wunder sehen. Denn mit einem Mal war mir klar: Die anderen Bewerber waren nichts als Angeber! Sie wollten zeigen, was sie konnten, wie kräftig sie waren, welch geschickte Jäger. Gefreut hatte sich die Königin weder über das stinkende, für Kleidung zu schwere Bärenfell, noch über den unhandlichen Baumstamm, der den Eingang ihrer Hütte blockierte. Doch ich hatte ihr jetzt etwas Besseres zu bieten als all meine Mitbewerber zusammen. Nur konnte ich sie kaum bitten, den weiten Weg bis hierher mit mir, einem Fremden, auf sich zu nehmen. Ich brauchte eine andere Lösung ...

Wieder stand ich bei der alten Linde und beobachtete den Platz zwischen den Lehmhütten. Es war niemand zu sehen. Wo konnten sie sein? Aßen sie in einer der Hütten? Hatten sie für eine Zeremonie einen rituellen Ort aufgesucht? Das Licht war fast verschwunden; wenn die Nacht erst einmal hereingebrochen war, würde die Königin sicher nicht mit mir mitgehen. Es ärgerte mich, dass ich so lange gebraucht hatte – das Feuer war eben ein schwer zu bändigendes Wesen.

Mir blieb beinahe das Herz stehen, als mich jemand am Arm berührte. »Da bist du ja endlich!«, stellte eine sanfte Stimme fest. Ich fuhr herum. Die Angebetete stand vor mir: klein, fein und entschlossen, mit einem Lächeln, das meine Knie weich werden ließ.

»Wa– ...? Wie ...?« Ich schluckte, sammelte meine Sinne. »Du kennst mich?«

»Natürlich. Und du warst heute morgen nicht am Fluss.« Sie klang vorwurfsvoll.

Alles in mir summte, während ich versuchte, ihre Nähe und die neue Erkenntnis zu verarbeiten. »Ich war auf dem Weg hierher.«

»Hast aber lang gebraucht.«

»Ein Unwetter kam dazwischen.«

Sie zupfte an meinen feuchten Haaren. Ein Grübchen bildete sich in ihrer linken Wange. »Das sieht man. Wo ist mein Geschenk?«

»Es ist leider nass geworden. Aber ich habe noch was Besseres ...«

»Zeig mir das nasse Geschenk!«

»Es hat sehr gelitten und ich möchte dich nicht enttäuschen.«
Sie reckte ihr Kinn in die Höhe. »Zeig es mir.«

Umständlich zerrte ich das Huflattichpäckchen aus dem klammen Lederbündel. Die Königin riss es mir beinahe aus den Händen, um es zu öffnen. Dann sagte sie:

»Oh.«

Zu meiner Überraschung war es halbwegs heil geblieben. Die Federn, deren Kiele ich durchbohrt und der Größe nach an ein schmales, aus meinen Haaren geflochtenes Band gehängt hatte, waren ein wenig zerzaust, doch die Königin glättete sie sorgsam. Die Oma hatte beim Anblick des Geschenks entsetzt ihren Stecken geschwungen. »Wenn du ihr deine Haare überlässt, wird sie Macht über dich erlangen!« Omas Warnung hatte mich kalt gelassen – mein Herz gehörte dem Mädchen längst, was juckten mich die paar Haare.

»Welch schöne Kette! Danke dir.« Die Augen der Königin leuchteten. Sie waren braun mit grünen Sprenkeln um die großen Pupillen herum, und von dichten, dunklen Wimpern umgeben.

Ich schloss die Kette in ihrem zarten, nach Freesien duftenden Nacken. »Ich habe die Federn von allen Vögeln gesammelt, die auf meiner Seite der Isar leben.«

Sie wandte sich zu mir um und hob eine Augenbraue. »Ich schätze mal, es sind dieselben Vögel, die auch auf unserer Seite der Isar leben. Die können fliegen, weißt du?«

»Weiß ich. Die Kette zeigt, wie nah wir beieinander sind, auch wenn wir uns nicht erreichen können.«

Da lächelte sie. »Schlau. Romantisch. Und ein bisschen traurig. Wie heißt du eigentlich?«

»Herbert.«

Und sie lächelte noch mehr. Ganz ohne Häme. »Ich bin Walla. Du hast gesagt, du hast noch ein zweites Geschenk?«

Aufregung prickelte in meinem Magen. »Ja! Ich kann es dir nur nicht hier im Lager geben. Wir müssten ein Stück isaraufwärts zu einer Höhle laufen.«

»Du möchtest also, dass ich im Zwielicht mit dir zu einer fremden Höhle gehe, wo du mir etwas zeigen möchtest, das hier keiner sehen darf?« Spöttisch legte Walla den Kopf schief.

Ich spürte, wie mir Hitze in den Nacken stieg. »Ja! Äh, nein, es ist vielmehr so, dass –«

»Gut, gehen wir.«

Hatte ich recht gehört? »Möchtest du niemandem Bescheid geben? Werden sie dich nicht suchen?«

»Großvaters Orakel hat deine Ankunft prophezeit. Er wird sich keine Sorgen machen.«

Obwohl ich nichts lieber tun wollte, als meine Entdeckung sofort mit Walla zu teilen, zögerte ich. »Glaubst du an Prophezeiungen? Bist du sehr religiös? Es kann sein, dass die Götter Ärger machen, wenn du das Geschenk siehst.«

Sie lachte auf, ein weicher, leichter Klang. Ihre warme Hand ergriff fest die meine. »Es wird immer spannender. Komm, lass uns abhauen.«

Im letzten Licht des Tages liefen wir zur Höhle, die der Erdrutsch freigelegt hatte. Walla riss die Augen auf. »Was ist hier passiert?«

»Der Regen hat den Boden aufgeweicht. Ich nehme an, dass ihr an dieser Stelle viel gerodet habt? Der Hang ist herabgerutscht.« Ich half ihr die Steigung hinauf, nicht, weil sie meine Hilfe gebraucht hätte, sondern weil ich es nicht über mich brachte, ihre Hand loszulassen. Wir kletterten in die Höhle hinein. Mehr als ein paar Schritte traute sich Walla aber nicht ins Dunkel.

»Es ist so finster.« Zum ersten Mal an diesem Abend zitterte ihre Stimme.

»Nicht mehr lange.« Ich betete, dass die orange-roten Leuchtsteine noch lebten. Aus Lehm hatte ich eine grobe Schüssel mit dicken Henkeln und einen passenden Deckel mit Löchern geformt. Mithilfe eines Stockes hatte ich sie vorsichtig unter einen auf dem Boden liegenden Ast des Kastanienbaums geschoben, an dem die

Sonnenzungen fraßen. Sobald der Topf halbwegs gehärtet war, hatte ich die Leuchtsteine und ein bisschen Holz hineingelegt, den Deckel geschlossen und einen dünnen Ast durch die Henkel gesteckt, sodass ich die Schüssel zur Höhle transportieren konnte.

Meine Hände zitterten, als ich jetzt mit einem Stock den Deckel weghob ... Sie waren noch da! Ein paar der heißen Steine waren grau und tot, aber vier leuchteten hypnotisierend vor sich hin. Ich riskierte einen schnellen Blick Richtung Walla, vermochte ihren Gesichtsausdruck jedoch nicht zu erkennen. Eilig legte ich einige Zweige in den Topf, die ich zuvor gesammelt hatte, und blies sacht und stetig hinein. Schwarze Wolken stiegen auf. Ich befürchtete schon, dieses Geschenk ebenfalls verdorben zu haben – da züngelte eine orangefarbene Fahne auf.

»Oh!«, hauchte Walla. Sie hielt die Federkette fest umklammert. »Ist das ...«

Ich nickte. »Feuer.«

Nach und nach gab ich den Sonnenzungen mehr zu fressen, bis sie den gesamten Eingangsbereich der Höhle in einem warmen Ton leuchten ließen. Dann trat ich zu Walla, die wie gebannt schien.

»Ich weiß, dieses Licht gehört den Göttern, es ist nicht für uns Menschen gedacht. Wenn du möchtest, vernichte ich es auf der Stelle. Doch ich wollte, dass du es vorher siehst.«

»Nein!«, rief sie. »Wenn du das Zauberlicht gefunden hast, war es auch der Wille der Götter. Es ist wunderschön!« Sie hockte sich hin und streckte die Hand nach den Sonnenzungen aus.

»Sei vorsichtig! Sie beißen.«

Sie schien mich gar nicht zu hören. »Überleg, was wir tun könnten! Wir könnten nachts sehen. Wir könnten uns im Winter wärmen. Wir könnten –«

»Wölfe vertreiben«, ergänzte ich. Ein vorwitziges Exemplar hatte mir bei meinen Experimenten mit den Leuchtsteinen ans Leder gewollt, doch ich hatte rasch gemerkt, dass das Tier mir winselnd auswich, sobald ich mit einem Stock voll Sonnenzungen auf es losging.

»Und Eichhörnchen schmecken auch besser, wenn man sie vor dem Servieren auf die orangefarbenen Steine legt.«

Walla verzog gespielt angewidert das Gesicht. »Du isst Eichhörnchen? Du Wilder!«

»Es war zur falschen Zeit am falschen Ort.« Ich zuckte mit den Schultern. »Und ich war hungrig. Und es war gut.«

Walla lachte laut auf. Der Schein des Feuers tanzte fröhlich in ihren Augen. Sie fütterte voll Hingabe das Zauberlicht mit Zweigen, unterdessen ging ich rückwärts, um mich ein paar Schritte weiter im Höhleninneren auf einen Felsen zu setzen. Der Erschöpfung des langen Tages zerrte an meinen Gliedern. Ich hatte nur Augen für die Liebste und die Begeisterung, die mein Geschenk in ihr hervorgerufen hatte, deswegen merkte ich zuerst nicht, worüber ich stolperte.

Es war nicht der lange Knochen, der meine Aufmerksamkeit auf sich zog, sondern die Farbe des Leders, das daran hing. Ich sah genauer hin. Nein, es handelte sich um ein anderes Material, war weicher, feiner und doch kein Fell. Vor allem aber war es blau, leuchtend wie der Himmel an einem sonnigen Herbsttag, und es waren zwei Riemen daran befestigt, offenbar, damit man es wie eine Art Beutel verwenden konnte. Sowie ich die unwirklich-bunte Tasche hochhob, plumpste ein flaches, viereckiges Ding heraus, so groß wie zwei Hände. Es glänzte schwarz wie eine Pfütze bei windstiller Nacht und fühlte sich hart und kühl an. Was für ein seltsamer Tag. Beim besten Willen konnte ich mir nicht erklären, was es mit dem Ding auf sich haben mochte. Ich drehte es in den Händen, da schoss auf einmal Helligkeit aus der Oberfläche und meine Fingerspitzen prickelten wie vor dem Blitzeinschlag.

Erschrocken ließ ich das Viereck fallen. Sowie es den Kontakt zu meiner Haut verlor, verdunkelte es sich wieder. Es war auf dem Nicht-Leder-Beutel gelandet und obwohl mir ein ungutes Gefühl den Magen zusammendrückte, nahm ich das Ding erneut hoch. Diesmal war ich halbwegs darauf gefasst, es durch meine Berührung zum Leben zu erwecken. Es vibrierte, prickelte und leuchtete. Im

Gegensatz zu den Sonnenzungen war sein Licht kalt und so fasste ich direkt hinein. Meine Finger glitten über die Oberfläche, meine Augen gewöhnten sich an die Helligkeit und erkannten nach und nach bewegte Bilder, die in schnellem Wechsel darüberflackerten. Viel verstand ich nicht von dem, was mir gezeigt wurde; ich kannte weder die Orte noch die Leute, noch die abgebildeten Zeichen. Doch das, was ich begriff, ließ mich erschauern. Ich sah schreiende Menschen, ich sah Krankheit, Elend, Krieg und immer wieder Feuer: Am Ende von glänzenden Stöcken, und wie es statt Holz Menschen verschlang. Feuer, das vom Himmel regnete. Feuer, das von grauen Ungetümen ausgespien wurde. Feuer, das die Erde erschütterte und nur kahles Verderben übrig ließ.

Das Feuer war der Tod.

Das leuchtende Viereck war eine Warnung.

Und ich war der Narr, der die Sonnenzungen freigelassen hatte, obwohl uns die Götter immer wieder gewarnt hatten. Jetzt wusste ich, warum.

Ich muss einen entsetzten Laut ausgestoßen haben. Das Viereck war mir entglitten und lag erloschen zu meinen Füßen.

Walla sah auf und lächelte mich warm an. »Du, Herbert? Ich liebe dich. Das Feuer ist das Schönste, was mir jemals jemand geschenkt hat. Es wird uns das Leben retten.«

Oder uns alle vernichten. Ich brachte es nicht über mich, diese Worte laut auszusprechen.

Walla strahlte vor Glück. »Es wird unsere Abende erleuchten. Unsere Lager sichern. Unsere Kinder wärmen.«

Einige Herzschläge lang starrte ich sie an. Meine Königin. Mein Mädchen. Meine Walla. Dann schob ich den bunten Beutel mitsamt dem unheimlichen Orakel-Viereck unauffällig mit dem Fuß hinter den Steinbrocken, auf dem ich saß. Ich lächelte zurück. »Und ich liebe *dich*.«

Lidia Kozlova-Benkard

Beste Freunde

Für Kim und Robert vorgetragen
auf ihrer Hochzeit
Gedichtet im Zug von München
nach Frankfurt am Main

Die zwei hier – haben von
Einander nichts geahnt, doch war es
ihnen jeweils sicher –
die Erde trägt den anderen
im Arm, die Sonne und der Mond
begleiten die Geschichte.

Die gute Fee ist im Spiel
und manches gar moderne Ding,
man geht online und schaut
auf Gesichter –
im speziellen Buch.

Das Kennenlernen von den
Beiden erhellt die Umwelt –
Schön und heiter!
Die Liebe glänzet durch.
Die Entfernungen werden verkürzt –
Von Städten, Köpfen und Herzen!

Zusammensein – für sie ist es so
natürlich, wie wenn man atmet,
spricht und singt.

Barbara Kloska

Dein volles Herz

Wovon dein Herz voll ist,
    davon läuft dein Mund über.
Wenn es Liebe ist,
    lass ihn sprudeln wie eine Quelle.
Vielleicht mag dich wer
    einen Narren schelten,
weil durch aufgeweichten Boden
    seine Lackschuhe verschmutzen.
Vielleicht wird dir jemand auch
    deine nackten Füße küssen,
weil du ihn
    vor dem Verdursten gerettet hast.

Wovon dein Herz voll ist, dessen Wert
    lass nicht durch deinen Verstand bemessen.
Wenn es Liebe ist,
    kann er dessen Sinn ohnehin nicht erfassen.
Vielleicht mag dich wer
    einen Narren schelten,
weil für den Wissenden
    nur Messbares erfassbar ist.
Vielleicht kann aber durch dich jemand
    seinen Panzer ablegen, um dich zu umarmen,
weil er von dir bewegt
    und vor dem Erstarren gerettet wurde.

Wovon dein Herz voll ist, davon verschenke,
    was immer du entbehren kannst.
Wenn es Liebe ist, bereichert es
    den Beschenkten, ohne dich ärmer zu machen.
Vielleicht mag dich wer
    einen Narren schelten,
weil oft nur genommen
    und nichts gegeben wird.
Vielleicht braucht aber jemand gerade deine Gabe
    und einige Zeit, um zu gesunden,
weil die Wunden, die andere schlugen,
    tief und schmerzend sind.

Wovon dein Herz voll ist,
    davon läuft der Mund über.
Wenn es Liebe ist,
    sei der Quell in der Wüste unserer Zeit.
Vielleicht mag dich wer
    einen Narren schelten,
weil du deine Oase
    den wandernden Sanddünen in den Weg stellst.
Vielleicht hältst du nichts wirklich auf,
    aber du zeigst,
wie trotzig sich
    das Leben behauptet,
weil ein kleiner Quell
    sich der Sachlichkeit widersetzt.

Franziska Bauer

Höhenrausch

Das Blümchenzupfen kann ich mir ersparen: Er liebt mich. Das
weiß ich seit Samstagabend. Da hat er es mir bewiesen, auf eine eher
unübliche Art und Weise zwar, aber dafür umso eindrucksvoller.
Aber lasst mich alles der Reihe nach erzählen.

Als wir aus der Disco kamen, hatte es immer noch nicht so recht
abgekühlt. Die Hitze saß nach wie vor in den Häuserwänden der
Straßenschluchten, nicht das geringste Lüftchen regte sich. Leo
hielt mich an der Hand, und beim Gehen schlenkerten wir unsere
im V-förmigen Händchenhaltegriff verbundenen Arme vor und
zurück, vor und zurück, vor und zurück. Zweiundzwanzig ist er,
der liebe Leo, ein Jahr älter als ich, Juniorchef eines kleinen Elek-
troinstallationsunternehmens, bestehend aus drei Mann, das sind
Leos Vater, der vife Lehrling Fritzl und Leo selbst. Übermütig und
spontan ist er, der Leo, fast wie die Kinder, die ich im städtischen
Kindergarten zu betreuen habe, das hat er mir an diesem Abend
wieder bewiesen.

In besagter Disco hatten wir uns vor vier Wochen kennengelernt,
danach hatten wir uns einige Male getroffen und standen seither in
Dauerkontakt auf Facebook. Wir waren uns auf Anhieb sympathisch
gewesen. Leo meinte, es sei Liebe auf den ersten Blick gewesen, ich
für meinen Teil war ein wenig skeptisch und schätzte es eher als

Verliebtheit ein. Liebe ist ein großes Wort. Mal sehen, wie lange es hält, dachte ich bei mir.

Wir kamen in die Nähe des Stadtparks, wo es uns neben einer Baustelle ein wenig kühler zu sein schien. Ein riesiger Baukran ragte vor uns auf. Wir mussten die Straßenseite wechseln, um überhaupt an der Baustelle vorübergehen zu können. Plötzlich blieb Leo stehen. »Schau, der Kran! Ein Foto von da oben wäre schon was Tolles. Soll ich, Xandi?«, meinte er.

»Raufklettern?«, fragte ich. Leo nickte. Liebherr 20K, las ich auf dem Kran. »Wie hoch ist der wohl?«

Leo zückte sein Smartphone. »Mal googeln, warte. ... 24 m Ausladung, 20 m Hakenhöhe, Laufkatzausleger, was immer das sein mag. Ein Foto von da oben wär' schon was!«

»Mitten in der Nacht? Das wird ja nichts«, gab ich zu bedenken.

»Mein Samsung macht ausgesprochen gute Nachtfotos«, sagte Leo. »Was meinst: Soll ich?«

»Meinst du, du kommst hinauf? Ist das nicht zu gefährlich? Und: Steht es überhaupt dafür?«

»Mal probieren!«, grinste Leo. Er warf einen prüfenden Blick in die Runde – niemand war zu sehen. Niemand, der ihn hätte hindern können, auf den Kran zu klettern. Und ich tat es auch nicht, weil ich einerseits keine Spaßverderberin sein wollte, und mich andererseits (dumme Pute, die ich war) der Nervenkitzel reizte.

Und Leo legte los. Mit äffischer Geschwindigkeit und gewandt wie ein Eichhörnchen erklomm er den Kran. Oben angelangt, gelang es ihm nach einigen Fehlversuchen schließlich doch, die Krankabine zu öffnen und hineinzuklettern. Er schloss die Kabinentür, winkte mir zu und schoss seine Fotos. Dann aber passierte etwas Unvorhergesehenes: Die Kabinentür war eingerastet und ließ sich nicht mehr öffnen! Leo saß in der Krankabine fest. Das erzählte er mir dann recht betreten per Smartphone.

»Na jetzt haben wir den Salat! Wenn ich nicht das Wochenende hier oben verbringen möchte, brauchen wir wohl die Freiwillige Feuerwehr. O je, die werden eine Freude mit mir haben.«

Zu allem Überfluss begann es in der Ferne nun auch noch zu donnern. Ein Gewitter war im Anzug. Ich bekam es mit der Angst zu tun. Leo auf einem Metallkran in über zwanzig Metern Höhe bei einem Gewitter? Was ist, wenn der Blitz einschlägt?

Leo beruhigte mich per Smartphone. Er beteuerte mir, dass die metallene Krankabine wie ein Faraday'scher Käfig wirke und er eigentlich in Sicherheit sei. Aber ich sei in Gefahr, mich könne der Blitz treffen, ich solle mich schleunigst in der Arkadeneinfahrt des benachbarten Hauses unterstellen, was ich auch unverzüglich tat. Ich erreichte den Torbogen gerade rechtzeitig, bevor das Gewitter mit Urgewalt losbrach. Ich schlotterte vor Angst. Gewitter machen mich panisch, Faraday'scher Käfig hin oder her. Leo wusste das.

»Xandi, ich wär' jetzt gerne bei dir, um dir in deiner Gewitterangst beizustehen, aber ich sitz' hier fest! Bleib ruhig und fürchte dich so wenig wie möglich. Wart', ich schick dir einen YouTube-Link. Das Video schaust du dir an, das lenkt dich ab.«

Folgsam klickte ich den Link an: Joseph Haydn, Die Jahreszeiten: Der Sommer, Das Ungewitter. Libretto von Baron Gottfried van Swieten.

Ich tauchte in die Musik ein und lauschte mit Herzklopfen dem Rezitativ Simons, der einen fahlen Nebel aufziehen sieht:

Emporgedrängt dehnt er sich aus
Und hüllet bald den Himmelsraum
In schwarzes Dunkel ein.

Und Lukas fährt fort:

Seht, wie von Unheil schwer
Die finstre Wolke langsam zieht
Und drohend auf die Eb'ne sinkt.

Hanne beobachtet die Stille vor dem Sturm:

> *In banger Ahnung stockt*
> *Das Leben der Natur.*
> *Kein Tier, kein Blatt beweget sich,*
> *Und Todesstille herrscht umher.*

Und schließlich besingt der Chor das Losbrechen des Ungewitters:

> *Flammende Blitze durchwühlen die Luft;*
> *Von zackigen Keilen berstet die Wolke,*
> *Und Güsse stürzen herab.*
> *...*
> *Schmetternd krachen,*
> *Schlag auf Schlag,*
> *Die schweren Donner fürchterlich.*

Doch kein Schrecken währt ewig und Lukas schildert im Terzett mit dem Chor, wie sich alles in Wohlgefallen auflöst:

> *Die düstern Wolken trennen sich,*
> *Gestillet ist der Stürme Wut.*

Und noch während ich fasziniert der Musik Haydns lauschte und dabei tatsächlich meine Gewitterangst vergaß, tobte das Gewitter um uns schließlich auch aus. Kurz, aber heftig war es gewesen. Leo hatte unterdessen statt der Freiwilligen Feuerwehr klammheimlich den Fritzl angerufen. Er solle seine Kletterausrüstung und einen Dietrich mitbringen.

Es regnete noch ein Weilchen betulich vor sich hin, bis man das Knattern eines nächtlichen Mopeds vernahm. Fritzl! Der vife Fritzl stieg vom Moped ab, sondierte die Lage und hatte die Idee der Ideen. Er zückte sein Smartphone und rief in der Krankabine an:

»He, Chef, schau doch mal, ob sich das Fenster aufmachen lässt. Da ist meistens so ein Riegel außen an der Kabinentür, den müsstest du durchs Fenster öffnen können!«

Es rappelte oben, erst ging das Fenster auf, dann erschien Leos Arm und öffnete den von Fritzl vermuteten und tatsächlich vorhandenen Außenriegel. Fritzl musste seine alpinistische Eignung erst gar nicht unter Beweis stellen, denn Leo kletterte ebenso behände, wie er auf den Kran hinaufgeklettert war, wieder herunter.

Das Erste, was er tat, war, dass er mich fragte, ob ich mich von meiner Gewitterangst erholt hätte. Dann bedankte er sich bei Fritzl, nannte ihn einen Vifzack und schlug sich mit der flachen Hand vor die Stirn. »Auf die Sache mit dem Fenster und dem Außenriegel hätte ich aber selber auch draufkommen können. Manchmal ist man wie vernagelt. Die Sache bleibt aber unter uns, der Seniorchef braucht das nicht zu erfahren.«

Fritzl nickte verschwörerisch, schwang sich auf sein Moped und knatterte von hinnen. Leo drückte mich ans Herz und strich mir tröstend übers Haar.

Oben in seiner Krankabine hat er sich in erster Linie um *mich* Sorgen gemacht und wie *ich* das Gewitter überstehe. Offenbar doch Liebe und nicht bloß Verliebtheit. Mal sehen, wie lange es hält, was meint ihr?

Jochen Stüsser-Simpson

Kardiothymie und Karditis oder funktionelle frühlingshafte Herzstörung und Entzündung

Es sitzt bei mir am rechten Fleck
und ist doch beschwert und bedrückt
ich mach ihm laue Luft und Sturm
damit er endlich fällt der Stein
ich geb beiden noch einen Stoß
das Herz rutscht auf die Zunge so
dass wir kichern plappern säuseln
streicheln schnattern streuseln kräuseln
und erschauernd zärtlich tippen
aneinander mit den Lippen
dass wir dauernd zärtlich küssen
drücken fühlen spüren müssen
bevor es dann entflammen kann
zerbricht oder verloren geht
sich dreht oder wird weggeweht
schenkst du es mir ich nehm gern an.

Lidia Kozlova-Benkard

Herzhunger nach Lyrik

Verzaubere mich, bringe mein Herz
Schwingend in Erregung!
Schaue rein, gieße die
Blumenwiese darin, höre den
Vögeln zu, sie singen von der Liebe.

Die Träume werden wahr,
es prickelt auf der Haut und im
Bauch.

Wir sind zusammen und frei. Genieß
die vollen Atemzüge des Glücks!

Jürgen Buchholz

Not

SIE war sicher: Er musste sie hassen, eine andere Erklärung gab es für sein Verhalten auf dem Betriebsausflug nicht.

Eigentlich fühlte sich Ira von solchen Männern immer angezogen, solchen leicht muffeligen, verschlossenen, denen mit dem scheuen Blick. Ein Blick, der eine andere Welt als das Zahnpastawerbefilmlächeln verspricht. Stille Wasser seien – *gehaltlos, pures H2O*, sagte ihre Freundin Natascha. Ira glaubte trotz einiger Natascha bestätigender Erfahrungen noch immer an die gängige Version des Sprichworts. Sie mochte die Herausforderung, solche Männer zu knacken, es wenigstens zu versuchen, mehr als das Übliche aus ihnen rauszukriegen. Nun aber stellte sich dies als etwas heraus, das sie zu überfordern schien. Da erzählte *sie* Sachen von sich, die weit über das Berufliche hinausgingen, und er wandte sich einfach ab und setzte sich aufs Sofa des Kollegen Thorsten Jansen, in dessen Wohnung der Tag ausklingen sollte. Gut, dass Gunda gerade mit zwei Aperol-Sprizz vorbeikam. So musste sie nicht immerzu hinschauen, als er den guten Cognac in sich hinein schüttete. Unansprechbar. Autistisch. Aggressiv. Er hätte wohl den Flaschenhals zerbissen, bestünde der nicht aus solch stabilem Glas. Wahrscheinlich erinnerte sie ihn an eine Ex-Freundin, über die er nicht hinweg kommen konnte. Oder gar seine Ex-Ehefrau? Gut auch, dass sie seinen Totalabsturz nicht mehr miterleben würde.

Die Freitagabendmüdigkeit siegte mal wieder, und diese begleitete sie nach Hause.

Keiner im Betrieb wusste Näheres. Am Montag in der Agentur erfuhr sie nur, dass sie ihn nach Hause gebracht hatten, nachdem er sich auf dem Klo ausgekotzt hatte. Auch dass er noch lebte, denn eine Krankmeldung für den Tag ging ein. *Er* hasste sie, *sie* machte sich Sorgen – Alice Schwarzer würde den Kopf schütteln.

Ira, nun wieder zu Hause, musste erneut an den Ausklang des Betriebsausflugs denken – und an seinen Namen: Hermann. Gab es da nicht mal ein Lied von Nina Hagen? Von einem als »Hirnie« bezeichneten Hermann, der sich irgendwelche Drogen einfährt, um auf Touren zu kommen ... *Dieser* Hirnie Hermann kam überhaupt nicht auf Touren. Auf Thorsten Jansens Schlafsofa. Ein Cognac war vielleicht auch etwas anderes als die Arzneien eines Junkies.

Trotzdem suchte sie das Stück bei Spotify, fand es nicht, kaufte also eine MP3, ballerte es sich durch die Boxen ins Hirn, tanzte dazu wild. Alleine in ihrer Eigentumswohnung am Park auf ihrem Echtholzplankenboden – ein geiler Sound.

Dienstag fuhr sie in die Agentur. Die Autobahn wirkte im Dunkeln noch trostloser als später am Tag. Unzählige rote Lichter auf der einen Seite, weiße auf der anderen, dazu Motorengeräusche, Tausende in die Betriebe getrieben, Druck aufs Pedal, Druck auf die Zylinder, Druck auf die Hirne, die Herzen, die Ausfahrten leitplankenumgrenzt.

Ira dachte an die Verfilmbarkeit dieses Gefühls. Warum wurden nächtliche oder frühmorgendliche Autofahrten im Kino immer zu Romantik? Wong Kar-Wais Nachtansichten erschienen immer schön, weil die Sehnsucht nach Nähe zu Menschen so wohlig im Bild der Einsamkeit selbst stand. Wohlige Einsamkeit – tröstlich im Film, in Wirklichkeit pure Tristesse.

Sie tippte auf den Startknopf ihrer Klangprothese, wie sie ihr

Handy gerne nannte, wenn sie Musik hörte. Es stand noch auf Zufallswiedergabe. Die wollte indonesische Gamelanmusik. Das erinnerte sie an das, was sie Hermann erzählt hatte. Von ihren Plänen, nach Sumatra zu Arik zu gehen, dem verkackten System die Hinterbacken zu zeigen. Und wie wortlos Hermann dem verkackten Nichtgespräch dann seine zeigte. Darüber musste sie dann doch einen Augenblick lächeln, zumal sie bei minimaler Aufhellung des Himmels nun entschleunigen konnte. Sie erreichte die Ausfahrt Wallbrück, noch fünf Minuten bis zur Agentur. Um acht Konferenz der Texter mit dem Creative Director Fabian zur Kampagne für das französische Meersalzunternehmen *Sel-pour-vous*, das auf den deutschen Markt drängte. Hermann sollte das Projekt vorstellen und einen Claim vorschlagen. Ob er wieder gesund war?

Das war er. Er wirkte verschlossen wie immer, trotzdem erhaschte sie seinen Blick. Kein Lächeln, aber als er den Kopf, schon im Besprechungsraum sitzend, an ihr vorbeidrehte, hielt er für den Bruchteil einer Sekunde inne, bis er die Bewegung fortsetzte. Leicht gerötete Augen oder auch nicht. Einbildung? Seriös wie immer wirkte er in seiner Armani-Lässigkeit, ganz zu Hause in der Agentur. Gleich würde er seine Claim-Idee darlegen: erst *Sel-pour-vous* noch mal für alle vorstellen, das mit der Firmenleitung besprochene Marketingkonzept aufrollen, die Notwendigkeit eines vollständigen Corporate Designs erörtern, über den Entwicklungsstand der Werbestrategie informieren und darin seinen Claimvorschlag ansiedeln. So professionell wie immer. So kannte sie ihn, kein Anzeichen sprach gegen einen anderen Fortgang der morgendlichen Besprechung.

Eine halbe Stunde später hörte sie dann auch die fast letzten Worte seines Vortrags: »... und deshalb lautet mein Vorschlag ›Sel-pour-vous‹, denn Meer ist mehr!‹«

Fast, denn er ergänzte: »So, und nun leckt mich!« Nahm seinen Mantel und ging.

Ira merkte erst einen Moment später, dass sie ihren Mund geöffnet hatte und offen stehen ließ. Was sollte das? Nie hatte er bei seinen Vorträgen auf den Sitzungen einen besonders freundlichen oder einnehmenden Eindruck erwecken wollen, aber ins regelrecht Ausfallende hatten seine Worte zuvor nie gereicht. Sie bemerkte ein Zucken in ihrer Wade, als ob sie aufspringen wollte, nachdem sich die Tür geschlossen hatte – und anschließend auch ihr Mund. Etwa um ihm zu folgen? Was wollte sie nur von ihm? Nun erst wandte sie ihre Aufmerksamkeit, leicht verwirrt, wieder der Sitzung zu. Es kam ihr, gedankenverloren wie sie war, so vor, als ob es einen Moment vollkommen still gewesen war. Oder doch nicht? Denn nun bemerkte sie, wie laut die Kollegen (tatsächlich mit einem Mal?) sprachen, geradezu schrien: »So ein Arschloch!«, »Was soll der Scheiß?«, »Mann, ist der beschissen drauf.«, »Dem muss man kündigen.« Solche Beiträge hörte sie in einem Durcheinander von Stimmen, und wieder merkwürdig: Der Gedanke an die Kündigung erschreckte sie.

Fabian räusperte sich. Als sich das Stimmengewirr legte, sagte er in die Runde: »Keine Sorge, das lassen wir nicht auf sich beruhen. Ich werde mit ihm sprechen.« Danach weitere Claim-Vorschläge, Ira hörte nicht mehr zu, bat um Entschuldigung und verzog sich auf die Toilette. Wahrscheinlich war sie die einzige, die Hermann für seinen Abgang bewunderte. Dabei musste sie sich doch mit angesprochen fühlen, wenn er »Leckt mich« sagte. Sie dachte an die verschiedenen Bedeutungen dieser Aufforderung.

ER fuhr zurück in die Wohnung, in das Chaos, das sich dort irgendwie eingestellt hatte. Überall Papiere, weitere Claimideen, das übliche Alltagszeug: Briefe von Versicherungen, Gehaltsabrechnungen, Sachen aus dem BWL-Studium, nur gestapelt, selten weggeräumt. ›Ich bin ein Mann, der das braucht, einer, der so etwas als anregende Umgebung empfindet‹, hatte er gedacht, als ihm der Kontrast seines Zuhauses zu den kühlen, immer ordentlichen Büroräumen aufgefallen war. Irgendwo aus den Zettelstapeln einen herausziehen, mit zur Firma nehmen, ein paar Worte dazu, dann die bewundernden Blicke der Kollegen – wie oft schon hatten seine Ideen damit gezündet:

»*Sel-pour-vous*, denn Meer ist mehr!« Ha! Kalauern kam immer gut und wurde als anspruchsvoll empfunden. Sprachwitz halt. Viel besser als das Zeug der Konkurrenz: »Vierlagig und recycelt – der Natur zuliebe« oder »Heinzemüsli – Diese Körner werden Sie mögen!«

Das hatte er nun zu Ende gebracht. Harmonisch fühlte es sich an. So etwas wie Ordnung? Er wollte noch mehr davon, raus aus allen Routinen, kreatives Chaos, Lebensenergie, Anarchie der Lebensführung, den Sprung ins Leere. Oder hatte er nur einen einmaligen Bungeejump gewagt? TÜV-kontrolliert und *safe*? Dabei war er sich nicht sicher, ob er das überhaupt konnte: echtes Bungeejumping. Egal, erstmal war der feste Boden entzogen. *I did it*. Aufatmen, durchatmen. Seine Wohnung, die Ersparnisse als letzter Halt.

Während er sich in seinem Sessel zurücklehnte, fiel sein Blick auf ein Kinderbild von ihm, das er ans Regalbrett gepinnt hatte. Er mit Schultüte. Der muffige Geruch nach feuchten Schwämmen wieder in der Nase. Grundschule. An kaum etwas konnte er sich noch erinnern. Nur eins: Wie er und seine Mutter einem Mann – ein Schulpsychologe, wie ihm seine Mutter später erklärte – nach dem Unterricht diverse Fragen hatten beantworten sollen. Autismus hatte der Mann für möglich gehalten. Am Ende war die Diagnose negativ ausgefallen. Alles im Rahmen des Normalen: nach der Schule nach Hause zu gehen, nie mit anderen Kindern zu spielen und beim Essen, nein, sogar fast immer, zu schweigen.

Und nun? Wie gut, dass er das Schweigen hinter sich gelassen hatte. Direktheit ohne besondere Rücksichten versetzte ihn jetzt in die Freiheit. Endlich kein Kind mehr.

Er wollte die schriftliche Kündigung nun nachreichen, also räumte er den Schreibtisch frei: Alles links und rechts auf den Boden, bis der Laptop freilag, dann die formale Kündigung. Wie üblich hackte er aggressiver als nötig in die Tasten, diesmal noch einen Deut heftiger. Auch das Falten des Briefs: wie ein Gewaltakt am Papier, so übertrieben stark rieb er darüber, um den Knick zu verstärken. Weitere Knicke ergaben sich von selbst, als er den Bogen in den

Umschlag quälte. ›Egal‹, dachte er, ›Hauptsache, es ist vorbei, sich für die Firma zu prostituieren.‹ Der Resturlaub reichte, um nie wieder diese Büros und Konferenzräume sehen zu müssen. Und auch nie wieder Fabian und die Kollegen, weder während der Arbeitszeit noch an Wochenenden auf irgendwelchen Partys, auf denen einem irgendwelche beruflichen Zwangsbekanntschaften von ihren Reiseplänen berichten. ›Oder wollte sie auswandern?‹ Er wusste es nicht mehr. Nur an das Gefühl der Ermüdung, das diese Ira bei ihm ausgelöst hatte, erinnerte er sich. Eine solche Ermüdung lösten Partygespräche immer bei ihm aus. Und wie als Gegenreaktion gegen die Müdigkeit wurde er aggressiv, und er entwickelte – mal mehr, mal weniger – das Bedürfnis, sich zu betrinken. Als wenn die Aggressivität die Müdigkeit bekämpfen wollte, und der Alkohol die Aggressivität.

Er musste noch einmal an seine Kindheit denken. Die ersten sich andeutenden Veränderungen nach der beruhigenden Klärung, kein Autist zu sein, hatten seine Mutter begeistert. Mit zwölf oder so hatte er begonnen, mit Gott und der Welt zu sprechen. Meist hatte er Warum-Fragen gestellt, jedoch nicht ganz, wie sie Kleinkinder stellen: »Warum lebst du mit Papa zusammen?« »Warum gehen wir nicht jagen?« »Warum gibt es Städte?« Es hatte Anzeichen gegeben, dass er sich in andere hineinversetzen konnte. Nach dem Sieg eines Tennisstars im Herreneinzel, den er im Fernsehen gesehen hatte, hatte er gerufen: »Wenn ich groß bin, will ich mich auch so freuen.«

Nach der Schulzeit hatte er sich als berufstauglich erwiesen. Bewerbungen hatte er aus Ratgebern abgeschrieben, in Vorstellungsgesprächen war es ihm gelungen, sich zu beherrschen und Beleidigungen, wie sie ihm in den Sinn gekommen waren, nicht auszusprechen. Denn ständig, immer noch, rumorte es in ihm, seine Muskeln spannten sich an, als wenn er gleich losschlagen müsste, er gegen alle. Er hatte gewusst, wie seine Tritte den Mitschülern wehgetan hatten, empfunden, dass er die Lehrerin mit den Worten verletzt hatte, sie sei zu alt für den Beruf. Und, nun fünfzehnjährig, war sein Mitgefühl deutlich spürbar gewesen, als Clara in Tränen ausgebrochen war, als er sie wegen ihrer religiösen Inbrunst ausgelacht hatte. Erst als er die Spannung mit sich selbst auszumachen gelernt, einfach ausgehalten und keine seiner Regungen in die Tat umgesetzt hatte, waren der Mutter seltener die Worte »Ach du, mein Sorgenkind« über die Lippen gegangen.

Das erste Mal seit Jahren überkam ihn nun das Bedürfnis aufzuräumen, äußerlich Ordnung zu schaffen. Wie sollte er sich frei fühlen, wenn er sich hier nicht ausbreiten konnte?

So machte er sich daran, die Papierstapel aufzulösen. Nur wichtig Erscheinendes – Mietvertrag, Steuerbescheinigung, noch zu zahlende Rechnungen behielt er, oder er heftete es ab, alles andere landete in der Tonne. So verbrachte er den ersten Tag als Jobloser. Musik dabei bis zum Anschlag: Mozart-Symphonien, Gangsta-Rap, Metal, Jazzklassiker im Wechsel. Immer wieder ein Gedanke dabei: ›Wie gut, dass ich keinen Kontakt mehr zu meinen Eltern habe. Noch besser: dass ich keine Freunde habe. Niemand, dem ich Rechenschaft schuldig bin.‹

Nun also diese herrliche Leere, die sich aus der fehlenden täglichen Verpflichtung ergab, und anders als im Urlaub gab es kein gesetztes Ende für diesen Zustand.

Gut, mit dem Geld würde er nicht ewig auskommen. Aber eine Weile. Die Provisionen für seine Ideen hatten einiges an Geld in seine Hände gespült, und seine Ausgaben hielten sich in Grenzen. Seine Wohnung war klein und günstig, da er nach der Annahme des Jobangebots bei Fabian hier in Wallbrück nie umgezogen war, auch nicht, als der berufliche Erfolg eingetreten war.

Gegen Abend stieg er in die Badewanne, las etwas – Austers »Musik des Zufalls« – onanierte, trat zurück in seine sich Richtung Aufgeräumtheit bewegende Wohnung, nahm sich noch ein Bier – das vierte? – und ...

... da klingelte es. Er schaute aus dem Fenster. Niemand zu sehen vom ersten Stock aus. Die Person, die ihn heimsuchen wollte, schien noch in der Tür zu stehen. Er wartete. Nun trat sie zurück, unter die Laterne. Diese Ira.

Was wollte sie? Ihn von der Kündigung abhalten? Ihre Reisepläne weiter ausbreiten? Konnte sie tatsächlich missverstehen, wie er sich ihr gegenüber auf der Party gab? – Er würde nicht öffnen. Allein sein, das war es, was er wollte. Nur allein sein: Lesen, Musik hören, Baden, onanieren und flanieren – das sollte sein Lebensinhalt sein. ›Geh weg, Ira, mich interessiert dein Gebrabbel von Indonesien oder, was weiß ich, einen Scheiß ...‹

Nun sah sie zu ihm hoch. Das Licht hatte er nicht gelöscht. Sie musste ihn gut sehen können.

SIE fuhr geräuschvoll los. Kavaliersstart hatte man es früher genannt. Ihr Vater benutzte manchmal noch solche Ausdrücke, auch: ritterlich, schicklich, feine englische Art. »Kavalier« – sie konnte über dieses Wort nicht einmal lachen. Ritter, das wäre doch mal ein Nachname. Ritter, Hermann Ritter. Viele wehren sich wahrscheinlich gegen ein »Nomen-est-omen«, indem sie sich genau gegenteilig verhalten. Aber bei ihr schlug es wörtlich zu: Ira – Zorn – legte ihre ganze Wut in die Autofahrt: überall zehn bis zwanzig Stundenkilometer zu viel. Selbst an der roten Ampel gab sie immer wieder im Leerlauf Gas. Überholmanöver, die ihr wütende Blicke der anderen Fahrer einbrachten, wie sie mit Genugtuung feststellte, als sie in den Rückspiegel sah. Diese Blicke gaben ihr bald das Gefühl, mit dem Bedürfnis, an diesem Tag noch etwas vernichten zu müssen, nicht alleine zu sein.

Sie hätte sich bei Natascha ausheulen können. Vielleicht sogar bei Gunda, ihrer Aperol-Sprizz-Kollegin. Aber das ging jetzt nicht. Einzig Autofahren, nun längst auf der Piste, konnte sie ertragen: den Motor heulen hören, die Heizungswärme spüren, den House-Beat im Bauch spüren, ihn nicht nur durch die Lautsprecher, sondern auch über die zitternden Fenster zu hören. Und immer wieder Nina Hagens punkig-aggressive Worte von Herrmann, der aufs Leben scheißt und sich fragt, was es ihm geben kann. So muss es ihm, ihrem Hermann, gehen, und bei diesem Gedanken wurde sie ruhiger, fuhr langsamer, sah seine Präsenz wieder vor ihrem inneren Auge, und meinte, ihn zu erkennen: So eine traurige Gestalt, sein nackter Oberkörper am Fenster, sein Kopfschütteln. Im Grunde sah sie das eigene Gefühl, alles ständig zum Heulen zu finden, in ihm. Abwegig, sich ihm überlegen zu fühlen, wie sie sich eingestehen musste. Sie war nicht das glückliche Wesen, das etwas vom Überschuss an Frohsinn abgeben konnte und ihn sich zum Objekt der eigenen sozialen Ader machte. Sie war genauso bedürftig, wie er doch sein musste. Bedürftig nach dem, was selbst heute noch Liebe genannt wird – und zwar nicht nur mit ironischem Unterton. Wie konnte sie ihn nur erreichen? Wie gern wollte sie diejenige sein, die sich und ihn aus dem Tief herausholte. Sie fuhr auf einen Parkplatz, zog ihre Zigaretten hervor und erinnerte sich rauchend daran, wie sie es schon bei Rolf nie schaffte, ihm (und damit sich) wirklich zu helfen. Nun, Rolf zeigte sich auch viel zu selten hilfsbedürftig. Wie sie ständig mit der Schwierigkeit kämpfte, einmal fürsorglich sein zu dürfen. Immer erschien er mit sich selbst im Reinen. Unabhängig ... Und sie: überflüssig. – Hermann aber machte offenbar dicht und brauchte wirklich jemand, der sich mal richtig Zeit für ihn nahm. Der ihm mal richtig zuhörte. Der Verständnis aufbrachte. Und nein, nicht: der. »Die« musste es heißen. Ira muss es heißen, dachte sie.

So fuhr sie zurück zu ihm: ruhig, gefasst und entschlossen, ihn da rauszuholen und selbst endlich so etwas wie »Sinn« zu spüren.

ER saß inzwischen wieder im Sessel, las weiter Auster; schlug irgendwann das Buch zu und legte Musik auf. Nein, wenn er las, galt es zu lesen, wenn er Musik hörte, sollte dazu nicht mehr, wie am Nachmittag noch beim Ausmisten, etwas anderes getan werden. Er musste nicht mehr viel in den Tag hineinquetschen, Multitasking bis zum Exzess betreiben. Er konnte es sich leisten, sich den Dingen ganz zu widmen.

Den Dingen, weniger den Menschen. Ja, er hatte zu plaudern gelernt. Ja, er hatte sich mit dem Beruf arrangieren können. Aber den Menschen zuzutrauen, dass sie es wert wären, sich ihnen zu widmen wie »Kind Of Blue« (dem Album, das er nun hörte)? Unmöglich!

»So what« ging gerade zu Ende, da schellte es schon wieder. Er blieb einfach sitzen. Die Uhr zeigte 23.30 Uhr. Egal, auch 11.30 Uhr wäre keine Zeit, jemand einzulassen. Aber das? Bei Miles Davis' Meisterwerk? Bei der leisen Schlusspassage des einleitenden Stücks? Oh Mann, »So what«. Er lächelte im Bewusstsein seiner Macht: ›Ich bin der Herr des Türöffners‹. Er war ruhig geworden, nach so viel guter Arbeit am Tag, rund sechs Bieren, Badewanne, Lesen, Musik, inzwischen ohne jeden sexuellen Impuls und nach erfolgreicher Abwehr der aufdringlichen Kollegin. Und dazu »So what«. Einen Moment lang dachte er: ›Ja, was soll's? Soll doch reinkommen, wer will.‹ Er hatte nichts zu verheimlichen. »Freddie Freeloader« lief mittlerweile. Freddie, der Schnorrer. ›Ach, *so what*, und wenn Freddie persönlich erscheint‹, dachte er.

Und so ging er zur Tür und bediente den Öffner.

SIE staunte, als es summte und sich die Tür nach nicht ganz so sanftem Druck öffnete. Nachdem sie die Schwelle überschritten hatte, krachte die Tür auch schon wieder ins Schloss. Es roch nach abgestandenem Rauch. Sie wollte die Füße abtreten. Eine Matte gab es nicht, auch nicht vor der Treppe, keine Bilder an den Wänden, wie sie es von ihrem Haus kannte. Über allem lag modriges Alter, irgendwann vor vielen Jahren war wohl mal tapeziert worden. Die Originalfarbe – sollte das ocker darstellen? – hatte sich einem Gemisch aus verschiedenen Brauntönen ergeben. Jede Holzstufe hatte längst verloren, ausgetreten nach Hunderttausenden von Schritten.

Aber kaum hatte sie das wahrgenommen, erreichte sie schon Hermanns Tür. Und diese stand einen Spalt weit offen. Sie hörte Jazz, der ihr irgendwie bekannt vorkam. Sie klopfte vorsichtig, trat ein und befand sich nun in einer kleinen Diele mit Garderobenhaken und Jacken an der Wand. Schuhe reihten sich auf dem Boden, an einer Wand hing ein großer Spiegel.

Gleich gegenüber sah sie eine Tür zum – war es das Wohnzimmer? – und hier stand Hermann. Jeans. Einfacher Pulli. Seine kurzen schwarzen Haare ungekämmt. Was drückte sein Blick aus? Irritation? Arroganz? Nicht deutbar ...

»Grüß dich, Hermann!«

»Hi, Ira!«

Sie hörte ihn fragen, was sie hertreibe, an diesem Abend schon zum zweiten Mal. Sie roch den herben Biergestank. Gut, nüchtern war er also nicht ...

Und sie selbst: »Ich will hören, was dich in der Firma geritten hat. Was sollte das?«

Sie erfuhr von seiner nun auch schriftlichen Kündigung. Jeder Satz »fiel«, so empfand sie es, in ein Nichts aus Schweigen. Zu mehr als einem gelegentlichen »Mm-mh« (tief-hoch) oder »Aha« brachte sie es nicht. Aufregung? Nicht nur das: Unterlegen fühlte sie sich.

Dann aber Hermann in einem Zug – ohne Sprechpausen:

»Ich will für mich sein. Für mich ist jede Gesellschaft nichts als Druck, irgendwie sein zu müssen. Ich kann nur alleine frei sein. Ich finde alles, was ich sehe, wenn Menschen zusammen sind, lächerlich: Reiz – Reaktion, wie das, was wir im Betrieb machen: Claim – kauf ich, kauf ich nicht. Wenn du mir von Indonesien erzählst ... Was ist das? Du willst auf mich wirken. Dich interessant machen. Aber ich will auf so etwas nicht einsteigen. Das ist mir zuwider. Und das ist überall so: Jede Kommunikation, sogar jede Beziehung, ist nichts weiter als ein Aufbau von Druck, der der Ausübung von Macht dient. Wer eine überlegene Rolle bekommt, wird Sieger. Schau sie dir an, die Beziehungen deiner Freunde. Ist es nicht so, dass sie alle nur ein Spiel spielen? Und ich mache da nicht mehr mit. Für mich gibt es nur eine Konsequenz aus allem, was ich bei den Menschen wahrnehme: alleine sein. Ich weiß gar nicht, warum ich dir das erzähle. Ich schulde dir nichts. Du kommst hier an, stellst mich zur Rede, als wenn ich für dich schon eine Rolle eingenommen hätte, die es dir erlauben würde, Forderungen an mich zu richten. Aber das ist nicht so. Ich könnte dich hier und jetzt rauswerfen, und zwar ohne dir irgendwas zu sagen von den Gründen meines Rückzugs. Ich mache das nicht, weil ich dir irgendwas zugestehe. Ich sage es dir, damit du mich nach diesem Gespräch, nach unserem Intermezzo hier im Flur meiner Wohnung, in Ruhe lässt. Ich will nichts mit Menschen zu tun haben, nicht mehr als nötig. Auch nicht mit dir.«

Ira atmete tief ein. Aber Luft bekam sie nur wenig in diesem engen, biergeschwängerten Flur, die Wohnungstür hinter sich inzwischen geschlossen. In der einzigen offenen Tür stand Hermann und riegelte den Weg ins Zentrum der Wohnung und auch den Blick dorthin ab.

»Warum sind deine Auftritte so aggressiv? Warum sagst du ›Leckt mich‹ statt ›Lasst mich ab jetzt in Ruhe?‹ Warum dieses Saufkoma auf der Party? Ich glaube dir nicht: Dein Weg macht dich nicht glücklich. Alles an dir wirkt, als wolltest du sagen: Nun geht es mir so beschissen, dass ich nun auch alles drangeben kann. Du brauchst Hilfe.«

»Wer sagt, dass ich glücklich sein will? Ruhe will ich, das ist alles. Hilfe brauche ich keine.«

Sein Blick sagte alles in völliger Eindeutigkeit: Was hält dich hier noch? Du hast die Tür gleich hinter dir. – Aber sie wollte nicht gehen. Immerhin fühlte er sich in seinen offenen Worten näher an als jemals zuvor. Also erzählte sie auch etwas:

»Ich habe immer Zuneigung zu dir gespürt, innere Verbundenheit sogar. Nie: Ich will ihn beherrschen. Ich habe mich um dich gesorgt, nach der Party, nach deinem Abgang in der Firma. Und: Du fehlst mir.«

»Ach, da geht es ja schon los: Du forderst Rechtfertigungen für mein Verhalten ein. Du willst, dass ich sage: Du fehlst mir auch. Oder dass ich dir deine Probleme, die du damit hast, dass ich dir fehle, irgendwie lindere. Aber nein. Kennst du Diogenes, der Alexanders Angebot, ihm einen Wunsch zu erfüllen, mit den Worten ›Geh mir aus der Sonne!‹ quittierte?«

»Ha, du willst ein Diogenes sein? Mit gekühlten Getränken, exquisitem Jazz auf der Hochleistungsanlage ... Das ist lächerlich.«

Tatsächlich lachte sie plötzlich. Solche Hybris ... Endlich vorbei, dieses Gefühl, nicht auf Augenhöhe zu sein, das sie vielleicht sonst nur verlieren konnte, wenn er ihre Hilfe annahm. Nun stand er als eine Gestalt da, die auch nur eine Rolle spielte – eine, die er sich zwar selbst gab, aber dadurch auch nicht authentischer wirkte. Diogenes ...

ER hörte sie sagen:

»Und ich bin keine Königin, sondern Ira, deine Kollegin, die dich – was weiß ich, warum – mag.«

Er konnte das, so sein erster Gedanke, bis dahin wohl nur ertragen, weil ihn die Biere in einen angenehm schummerigen Zustand versetzt hatten. Und weil er wusste, dass Ira nur einen kurzen Weg nach draußen überbrücken musste: wenige Zentimeter, die Tiefe seiner Wohnungstür, an der sie lehnte. Aber vorerst wollte er sie noch eine kurze Weile anschauen. – Wie viel Power in dieser kleinen Frau steckte ... Und er wollte noch etwas von ihrem Singsang hören: Sie sprach davon, dass sie die einzige sei, die sich für ihn interessiere. Dass er froh sein müsse, nicht alleine zu sein. Dass ein Eremitendasein nicht möglich sei. ›Und da hat sie wohl Recht‹, dachte er. Mehrfach die Woche musste er einkaufen gehen, sich mit Menschen verständigen, und sei es nur durch die Übergabe von Geld, ein »Hallo« schaffte er meist auch noch. Und merkwürdig: Er kam sich nach ihrem Lachen gar nicht mehr überlegen vor. Und noch seltsamer: Es löste gegen jede Erwartung nichts Unangenehmes aus. Weil er ihr zustimmen musste? Weil sie ihn trotz solchen Schwachsinns, den er von sich gab, mochte, wie sie sagte? Diogenes konnte er nicht das Wasser reichen.

Er geriet über allem nach und nach in eine geradezu versöhnliche Stimmung. So hatte er sich selbst bislang nicht gekannt. Ihre unfassbare Aufdringlichkeit relativierte sich ein bisschen und er lächelte sie an.

»Was grinst du so?«

»Ich beginne dich zu mögen.«

SIE wurde aus ihm nicht schlau. Das machte sie völlig perplex. Schlüpfte er einfach in eine neue Rolle? Konnte sie das ernst nehmen? Was sagte seine Körpersprache? Ein Grinsen, mit dem er vielleicht Lächeln meinte. Verschränkte Arme, nein, den linken Arm ließ er nun sinken, mit dem rechten stützte er sich im Türrahmen ab. Immer noch stand er so breit da, dass ein Blick in den Rest der Wohnung schwerfiel.

»Lass uns zusammen raus gehen!«

»Was sollen wir da?«

Vor einer halben Stunde hätten beide Sätze vom jeweils anderen stammen können. Nun war sie es, die sich widersetzte, ohne es zu wollen.

»Lass uns in den Park gehen. Wir gehen zusammen und reden. Oder auch nicht. Aber nebeneinander gehen wäre vielleicht etwas, was ich dir bieten kann. Ich mache das sonst nie. Du wolltest etwas von mir, und ich sage: Lass uns nebeneinander gehen. Das ist doch etwas, nicht?«

»Ja, lass uns gehen.«

Er nahm seine Jacke vom Haken, sie drehte sich um, öffnete die Tür, er schloss sie, ohne abzuschließen, und sie gingen hintereinander die Treppe hinunter, schweigend. Noch einmal nahm sie den abgestandenen Rauch wahr. Erst draußen zündete er sich eine Zigarette an. Sie rauchte nie im Gehen. Wieder Distanz, so weit die Rauchwolke reichte.

Als sie den Park erreichten, warf er die Zigarette weg, aber schwieg weiterhin. Auch sie sprach nicht. Man kann nicht nicht kommunizieren, aber sie verstand nichts. Sie fragte sich, ob die Gehweise eine Form der Verständigung ist. Er mit seinen großen Schritten, sie, die drei Schritte machte, wenn er es bei zweien belassen konnte. Übersetzt vielleicht: Wenn du mithalten willst, renn! Ich brauche deine Begleitung nicht, und ich werde keine Rücksicht nehmen. Ich bin ein Arschloch, und es ist mir egal. Du willst etwas von mir, also sorge ich für die Bedingungen.

ER ging sein übliches Tempo, wenn er frische Luft brauchte. Sie schien mitzuhalten, also brauchte er seinen Schritt nicht zu verlangsamen. Er dachte daran, wie er es erlebte, alleine zu gehen. Dann sah er die Menschen an, beobachtete sie manchmal geradezu. Er nahm dann sonderbare Szenen wahr, die er abends notierte: Häufig fielen ihm Kinder auf, die allem ausgeliefert zu sein schienen. Kinder, deren Eltern sie keinen Schritt alleine machen ließen. Die dann zu Boden sahen, wenn sie mal wieder zurückgepfiffen wurden, und sich dann auf einen Stein zu konzentrieren schienen, der auf dem Gehweg lag, Enttäuschung oder sogar Schuldbewusstsein in den Augen. Einmal, als ein Kind einen dieser Steine aufhob und »Schau mal, was ich gefunden habe« sagte, leuchtete sein Gesicht. Und die Mutter antwortete: »Wirfs weg, das ist schmutzig. Bah.«

Oder er sah sich die Gänse an: ihr ständiges Grasen, ihr Gleiten ins Wasser des Teichs, ihren gleichmütigen Blick: stoisch, überlegen, immer schneller an den Brotkrumen der alten Leute als die Enten.

Und nun ging er zum ersten Mal nicht alleine in den Park, nachts zwar, aber selbst um diese Zeit gab es sonst viel zu entdecken: das Hintergrundrauschen der Stadt, die Berber, die auf den Parkbänken schnarchten, die gelegentlichen Schreie der Schwäne, als hätten sie schlecht geträumt.

Nun Ira und er, volle Konzentration auf sie und ihre »Gemeinsamkeit«, ihr »Projekt« eines gemeinsamen nächtlichen Spaziergangs. ›Was denkt sie? Was sieht sie? Gehe ich langsam genug? Hat sie Angst? Reicht ihr das fürs Erste? Was für Schuhe trägt sie? Ist ihr warm genug? Für welche Kleidung hat sie sich entschieden, ohne zu wissen, dass es einen nächtlichen Parkspaziergang geben würde? Was ist das für ein wippendes Gehen? Warum strengt sie sich so an? Sie riecht parfümiert, nichts anderes kann noch in die Nase dringen. Woher dieses schnelle Atmen?‹

Er hatte davon gehört, dass sich Paare oft von ihren Wahrnehmungen berichteten und der Genuss deshalb eine Steigerung erfuhr. Nie hatte er selbst so empfunden. Und auch jetzt schien es unmöglich, etwas anderes als sie wahrzunehmen. Was sollte er da mit ihr teilen? Zwei Monaden, die sich einen fensterlosen Kokon teilten. Das geht vielleicht für eine Stunde Spaziergang, aber nicht länger. Es musste einen Schritt nach außen geben. Raus aus dem, was von außen nach Gemeinsamkeit aussehen mochte.

»Ira, was willst du?«

»Ich hab's doch gesagt: dich verstehen...«

»Warum?«

»Weil du anders bist als ich.«

Er lachte.

»*Du* willst *dich* verstehen. Ich bin dir eine Folie, nichts weiter. Ich sag's ja: Wenn Menschen zusammenkommen, benutzen sie einander.«

»Du Zyniker. Es geht mir um dich. Du bist einsam und ich bin da.«

»Ich, einsam? Alleine ja, aber nicht einsam! Ich brauche niemanden.«

»Warum hast du mich reingelassen? Warum gehen wir miteinander durch den Park?«

»Weil ich Miles Davis' ›So what?‹ gehört hab. Was soll's. Es ist egal, wir könnten es auch lassen. Sonst gehe ich alleine. Ich habe eine Menge Bier getrunken und da macht man schon mal Sachen ...«

»Man sagt, im Suff kommt die Wahrheit raus.«

»Ja, die, dass es scheißegal ist, ob ich alleine gehe oder nicht. Das war es zumindest vorhin. Aber jetzt merke ich, dass es das nicht ist. Statt die Welt zu sehen, mich in ihr zu spüren, bist du im Weg. Ständig muss ich daran denken, was mit dir gerade los ist. Und von nichts anderem bekomme ich etwas mit. Es ist, als wärst du bei mir eingebrochen, ich hätte dich auf frischer Tat ertappt und nun biete ich dir auch noch Kaffee und Kuchen an.«

»Könnte eine schöne Geschichte sein.«

»Nein, schön ist was anderes ...«

»Was wäre schön?«

»Alleine sein, von niemand benutzt werden. Die Welt spüren, ohne dass sich jemand dazwischen stellt.«

»Hermann, die Welt besteht auch aus Menschen. Ich gehöre zur Welt.«

»Du schlägst mir vor, dass ich dich spüren soll?«

SIE schob ihre Hand in seine Tasche und fand seine. »Ja«, antwortete sie. Er schwitzte offenbar. Vorbei, seine Coolness. Schwach war er. Erkannt hatte sie ihn. Sie machte sich groß.

Er drückte ihre Hand, erst fest, als habe sie seinen innigsten Wunsch erraten, dann fester, nun schmerzhaft, als wollte er ihr jeden Fingerknochen brechen.

»Du tust mir weh!«

»So ist es. Das ist der Schmerz, wenn Menschen einander spüren.«

Sie konnte es nicht glauben. Wieder stieg Wut in ihr auf. Er ließ sie los. Keine Sekunde später landete ihre Hand in seinem Gesicht.

ER fühlte, wie er errötete, und zwar mehr als es nur Folge der Ohrfeige sein konnte. Und er sah ihren Blick. So klein sie war, es gelang ihr doch, auf ihn hinabzuschauen, indem sie ihm erst mit zusammengekniffenen Lidern in die Augen blickte und ihn dann von oben bis unten taxierte. Er erwartete, dass sie vor ihm ausspucken würde, doch das brauchte sie nicht mehr zu tun. Er wusste es auch so: Sie durchschaute ihn. Seine Einsamkeit, ja Not. Dass er alleine sein musste und dennoch ständig eine diffuse Sehnsucht in ihm wühlte, diesem Alleinsein zu entkommen.

Er wollte sich entschuldigen, aber er konnte kein Wort hervorbringen. Es dröhnte in seinem Schädel, sodass er Iras Worte kaum verstand. »Leb wohl, Hermann!«, sagte sie wahrscheinlich, aber sicher war er sich nicht. Nur dass sie sich eilig entfernte, daran bestand kein Zweifel. Auch wurde ihm klar, dass sein Herz pochte und er viel mehr Luft als sonst brauchte. Es fühlte sich an wie Auf-atmen.

Anna-Lena Brandt

Ein Herz läßt sich nicht ignorieren

»Wieso tust du mir das an? Ich möchte endlich wieder vor Freude hüpfen und vor Glück tanzen. Stattdessen ist es jedes Mal aufs Neue ein harter Schlag für mich... mit... jedem... einzelnen... Schlag.«

»Ich kann nicht anders. Ich liebe ihn. Das musst du doch auch spüren.«

»Ich spüre es. Deswegen wird der Schmerz schlimmer. Immer schlimmer, wenn er geht.«

»Aber er muss gehen.«

»Wieso? Wieso muss er wieder gehen? Wohin geht er?«

»Er geht an einen Ort, den niemand kennt.«

»Wieso nimmt er dich nicht mit an diesen Ort?«

»Dort will er allein sein. Niemand hat diesen Ort je gesehen.«

»Ich weiß nicht, wie lange ich diesen Schmerz noch ertrage, bevor ich daran zerbreche.«

»Ich auch nicht.«

»Beim nächsten Mal solltest du vor ihm gehen.«

»Ich weiß nicht, ob ich das kann.«

»Aber du weißt, dass du es musst, wenn du leben willst.«

»Schweig! Bitte!«

Mit jedem einzelnen Schlag wird es schwieriger, denn etwas zum Schweigen zu bringen, was das von innen kommt, ist viel schlimmer, als es mit sämtlichem Lärm der Welt aufzunehmen.

Ein Herz lässt sich nicht ignorieren.

Tino Falke

Sepia

Du schließt die Tür, und wir sind nicht mehr hier, nur ich allein. Ich möchte schrei'n, ich wein, ich mein, wenn kein Gemeinsamsein mehr möglich ist, du untröstlich bist, doch es nötig ist, du dich löst und gehst – was bleibt mir noch? Ein Loch, wo uns're Zukunft war.

Vom Paar bleibt nur die Hälfte da.

Klingt kitschig, so richtig, doch ich sitz im Dickicht der düst'ren Gedanken, die mich dicht umranken, will abdanken, will mich verschanzen, versumpfen. Ins Kissen versunken, hört man mich still schluchzen und fluchen und wimmern, weil alles im Zimmer mich an dich erinnert. Einst hieß es »für immer«, das macht es nur schlimmer, denn es bleibt nur im Visier, was ich mit dir assoziier:

Dein Lieblingsbuch. Dein Lieblingstier.

Deine Lieblingsfarben. Namen, die wir zwei uns gaben.

Unser Lied und die, die dienten zum Duett und Tanzeinlagen. Ich kann keins davon mehr hören, werd die Schritte nicht mehr wagen, uns're Briefe nicht mehr lesen. Alles schreit: Vergangenheit, vergang'ne Zeit, vorbei, gewesen. Wie soll ich, wenn alles hier von früher zeugt, gescheit genesen?

Erst mal gar nicht, sag ich mir und lasse alle Wasser fließen. Rundum sprießen wilde Wiesen, wuchern Flechten, Farne, Mohn und als Hohn Vergissmeinnicht. Kein Sonnenschein dringt ganz hinein in meinen Sumpf, kein Tageslicht. Und ich frage mich, geht's dir ähnlich mit Erinnerung an mich?

Vielleicht machst du's dir in der Südsee gemütlich.

Vielleicht bist du traurig, dein Leben betrüblich.

Vielleicht bist du fröhlich und endlich erfreut. Ich sehe dich glücklich, als wäre es heut, denn am Rahmen des Spiegels hängt ein Polaroid. Von A bis Z will ich gern alles vergessen, doch abseits der Algen und zwischen Zypressen, inmitten von Moos und Morast prangt, was war – unser erstes Bild, Seite an Seite, als Paar. Wir halten einander und lächeln dabei. Auf vier komma sechs mal sechs komma zwei.

Doch bis zum Rumpf in Sumpf getunkt ist Gram nicht zu vertreiben. Ich zieh einen Bannkreis, damit jedermann weiß: Gejammer kann gern draußen bleiben. Ich beschwöre einen Dämon, um mal jemanden zu seh'n und nicht Jahrzehnte ohne jegliche Gesellschaft zu verbringen. Statt in uns'rem Bett zu liegen, hänge ich mich selbst umschmiegend von der Decke wie die Fliegemäuse mit den Lederschwingen.

Nun naht nach den Trauerwochen ohne Schlafen, Essen, Lachen bald der Tag, an dem ich sag: genug verkümmert und verkrochen. Steig in saubere Kleidung, die jetzt viel zu weit ist, und führ sie nach draußen, die Haut und die Knochen. Die Sonne lockt mit leckerem Vitamin D. Den Appetit hemmt nur, dass ich dich durchgängig seh:

Dein Lieblingscafé. Deine Lieblingsbank am See.

Der Ort von uns'rem ersten Kuss (dort tut's am meisten weh).

Der Park, auf dessen Gras wir saßen und die Welt vergaßen.

»Du bist ja nur noch halb«, hör ich von allen auf den Straßen. Lassen mich mit Blicken wissen, dass ich mehr verlor als Pfunde. Sie bekunden Stund um Stunde Wunden, die sie selbst nicht haben. »Tut mir leid«, hör ich und wund're mich – wurd jeder hier verlassen?

»Lasse, was passé, verblassen!«, raten alle mir in Massen. Soll an Duo-Dinge denken, die mir Widerwillen wecken. Die ich froh bin, loszusein, sich nicht mit meinen Wünschen decken. Dafür kann ich endlich, was mit dir nicht möglich war, entdecken! Also schreib ich eine Liste mit To-dos zum Ausprobieren:

• Gitarrenunterricht, um auch allein zu musizieren
• mehr Können in der Küche, um gourmetgleich zu dinieren
• Erlernen fremder Zungen zum Mit-Worten-Imponieren
• Wettstarren mit dem Spiegelbild, mal ohne zu verlieren
• im Mondlicht ungezwungen ohne Schatten zu spazieren
• wenn gar nichts hilft, in einen Mottenschwarm zu explodieren

Doch vieles bleibt unmöglich, unerträglich schafft die tägliche Erinnerung sich Raum. Schafft sich Zeit, macht sich breit, vereitelt meine Heiterkeit. Speist meine Tränen wie ein Schwamm. Drum mahn ich mich: Reiß dich zusamm'! Nicht grundlos ist das Anagramm von Nostalgien: Notsignale.

Noch sind alle Assoziationen fest wie Grabesmale. Fix wie Text in Bücherseiten. Fällt mein Blick auf die Regale mit Romanen, die wir beiden uns einst gegenseitig gaben, die wir dank einander kennen, frag ich mich: Kann man ein Werk von denen, die es schufen, trennen?

Kann ich bleiben, wer ich bin, und diesem Teil von mir entflieh'n? Schrift und Schreibende entzweien – bei Autobiografien?

Du schreibst dein Leben ohne mich mit Kugelschreibermine. Ich war nur Bleistiftskizze, sitz jetzt an der Schreibmaschine, schwitze schon bei dem Gedanken dran, das alles abzutippen. Das Farbband ist vertrocknet, drum greif ich in meine Rippen, mit dem Tintenfass zur Stelle, denn es gilt auf alle Fälle: Die besten Texte schreiben sich mit Herzblut von der Quelle.

So fließt Privates aufs Papier, von A bis Z, von dir und mir, von Anfang bis zum letzten Tag. Falls jemand eine Vorschau mag:

Anfangs Beim Candlelight-Dinner Ein Funken Gespürt. Hoffnungsvoll Innerlich Jubiliert. Küsse, Liebe, Mehr Nähe. Offensichtlich Pärchenpläne, Quasi Restlos Sorgenfrei. Trennung, Uff, Vermaledeit. Will X-fach »Yesterday« Zitieren.

Der Rest folgt dann im Buch, sollte es euch interessieren. Ich schrieb Tage, Wochen, Jahre dran, von der Wiege fast, bis zur Bahre irgendwann, wurde alles, was du in mein Leben gebracht, auf Papier gebannt, zu Fiktion gemacht. Jedes Erlebnis riss ich aus meinem Skalp. Übrig bleibt der Anteil ohne dich – ich bin jetzt nur noch halb.

Du sagtest ade, Agenturen sagen ab, Verlage sagen, passt nicht ins Programm. Ein Glück, sage ich, dass ich die Nabelschau auch auf eig'ne Faust rausbringen kann. Druck dutzendfach Lettern auf fallende Blätter von Sumpfbäumen, rostrot und gelb. *Self-publishe* mein Selbst, für alle Welt, verlang kein Geld, hoff, es gefällt, wird viel bestellt, denn es enthält auch unser Bild, das Polaroid, auf dem wir älter niemals werden. Auf dem künftige Beschwerden schwer zu sehen sind, noch nicht, nur Zuversicht, statt Dunkel Licht, ein echtes Lächeln pro Gesicht. Erinn're ich mich noch daran, habt ihr nicht eure Pflicht getan. Ich bannte alles auf Papier und bitte: Trennt mein Werk von mir!

Damit euch das gelingt, ziehe ich mich zurück, aus der Zivilisation – in die Wälder, wünscht mir Glück! Wander durch Nacht und Nebel, schnell nicht mehr bedrückt, bis schließlich ein Forstfleck (mit Pilzen bestückt) die Sohlen, den Kopf und den Rücken entzückt. Dort leg ich mich hin, in das Grün, zwischen Bäumen, will träumen, den Trubel der Menschen versäumen, die sich weiter wehtun, verletzen, bekriegen. Will mich abschotten, verrotten, lasst mich einfach hier liegen.

Ich seh den Mond wer weiß wie oft das Firmament durchfliegen.

So liege ich wer weiß wie lang, schau mir die Welt von unten an, setz Moos, bloß nicht zum Aufsteh'n an. Kann durch Baumkronen oben das Sternenzelt seh'n, lasse alles gescheh'n, spüre Ameisen geh'n, Winde weh'n, Hitze, Schnee, Gräser zwischen den Zeh'n und jahraus und jahrein unser Erdkugeldreh'n. Die Erde unter mir: bequem, lädt dazu ein, ganz zu zergeh'n, ich lös mich auf, brauch kaum noch wen. Ich bin allein, und es ist schön.

Die alte Haut, die so vertraut mit dir einst war, verschwindet. Mir wird kaum kühl, weil Grün sich sanft um meine Knochen windet. Werd von Efeu umarmt, von Insekten umgarnt, von 'nem Garten aus giftigen Pilzen umrahmt. Lieg weich und warm, und nach wenigen Wochen kommt, wo zuvor mein Herz gepocht, ein Setzling hochgekrochen, durch's Erdreich gebrochen, erst merk ich ihn kaum. Doch inmitten meines Brustkorbs wächst ein junger, neuer Baum.

Ich schau aufmerksam zu, wie er blüht und gedeiht, wie aus nichts etwas Neues entsteht mit der Zeit. Er ragt hoch, Äste weit, Stamm und Krone bald breit, unberührt, nur die Rinde wird von mir entweiht. Denn ich ritze ins Holz mit den Rippen drei Zeichen:

I + D

Ich und Du.

Kann sie schnell nicht mehr erreichen. Alles wächst geschwind um mich im Rhythmus der für immer gleichen Jahreszeiten, schon hat neue Rinde sich drauf ausgebreitet. Und ich mache mich bereit, noch Ewigkeiten hier zu bleiben – bis ein Rabe auf mir landet, auf dem Restgebein, dem bleichen. Krächzt davon, ich müsse weichen, er sieht Baumaschinen schleichen, ich soll raus, nach Hause schnellen, man wird alle Bäume fällen.

Ich frag, warum, und seh den Vogel mit den Flügeln zucken.

Er sagt, es wird Papier gebraucht, wohl um ein Buch zu drucken. Ein Text, verfasst mit Herzensblut, aus anonymer Feder. Die Lesenden verschlangen es, und plötzlich will es jeder! Im Namen des Bestsellers nahen die Holzfäller, Äxte und Sägen gezückt.

Der Rabe fliegt fort, ich nehm ihn beim Wort, ich kehr zu den Menschen zurück!

In den Straßen halten alle mein Werk in der Hand. Werbung prangt an jeder Wand. Es bleibt weiter unbekannt, von wem all das geschrieben. Ich seh Bücherpyramiden in Vitrinen, wie die Riesengräber toter Pharaonen. Begraben liegen hier nur meine alten Emotionen, ausgetriebene Gespenster, sicher hinterm Ladenfenster.

Wenn der Text erfolgreich war, jeder etwas darin sah, eigene Vergangenheit, schwarz-weiß/verblichen/sepia – hast du ihn dann auch

gelesen? Bist versunken drin, für Stunden? Hast du dich darin gefunden? Ich hab dich ja überwunden, klar ... trug's Buch davon gut
Kunde? Trägt mein Ruhm in aller Munde dazu bei, dass er erwacht,
der Gedanke, ich hab's ohne dich, allein zu was gebracht?

Und der Wunsch, dass du dies weißt, erweckt ganz leise eine kühne
Grundidee, die schnell ein Plan wird: Ich muss rauf auf eine Bühne!
Aus mir raus und in die Welt, für meine Viertelstunde Ruhm! Was
muss ich tun? Ich hör mich um. Wo gibt man mir ein Mikrofon, um
meinen Wortfluss zu enthemmen? Wo kann ich vor Publikum zum
Beat des Herzens Verse slammen?

Klar gibt's in der Stadt Events für Amateure aufzutreten. Es kann
jeder, der sich traut, den Raum im Rampenlicht erbitten, wenige
Minuten nur, doch mir soll das bereits genügen. Ich würd lügen,
würd ich sagen, ich hab Neues vorzutragen. Ich will nur, dass du
mich siehst und merkst: Ich kann mich nicht beklagen.

Trotzdem will ich etwas schreiben, im Scheinwerferlicht nicht
schweigen, mach mir vorher nur 'nen neuen Platz für Poesie zu eigen.
Ich zieh um, denn der Sumpf hat mein Zimmer zerstört. Ich bau
Möbel auf zu Liedern, die wir nie zu zweit gehört. Ganz zuletzt den
neuen Schreibtisch, den ich frisch geschnitzt mir hole. Blitzt und
blinkt, ich setz mich dran und seh entsetzt im Holz Symbole.

I + D steht dort. Ein Wort ist's, das sofort ich darin seh.

Was einst Zweisamkeit verhieß, gibt heute Input als: Idee.

So schöpfe ich aus der Vergangenheit weiter, fütter kreatives Wirken mit Erinnerung, ob heiter oder eher unerfreulich, alles kann
Geschichten nähren. Nichts, was früher traurig war, kann noch den
Rückblick mir erschweren – nützt nun dem Kreieren, Schaffen, Bilden (gleich, wie man es nennt). Es gibt immer was zu texten, wenn
man schreibt, was man schon kennt.

Die Gespenster und Dämonen sind nun gar nicht mehr so grausig.
Ich reiß sie wie graue Haare mit Pinzetten einzeln aus. Ich tausche
Albtraum gegen Traum und zwar von donnerndem Applaus, bald
geh ich raus vor Audienzen und wenn's klappt, in jedes Haus! Auf

jeden Fernsehschirm! In jedes Magazin und Radio! Ich schöpf aus der Zukunft, wo mich jeder kennt!

Ihr: Yay!

Ich: Yo!

Mein Profil macht mehr Eindruck als die Reifen von 'nem Traktor!

Mein Name öffnet Türen, fast wie ein Velociraptor!

Mein Style ist einzigartig, sagen alle meine Klone.

Bei mir gibt's keinen Micdrop, nein, es regnet Mikrofone!

Doch vor dem Fame, den Autogrammen, ausverkauften Sälen, schlüpfe ich in Dunkelheit wie in ein Kleid, um ungesehen mich zu stehl'n zum Happy End, wo mich die Massen bald schon feiern. Ich übe auf dem Weg, vor Kameras mich zu verschleiern, da mich bald ja jeder kennt. Und renn im richtigen Moment in das Slam-Poetry-Event.

Es ist alles open air – über uns steh'n nur die Sterne. Mein Auftritt gleich, gewidmet ist er dir, auch aus der Ferne.

Ich bin schon als Nächstes dran, auf dem Plakat da prangt mein Name. Das gespannte Publikum füllt jeden Sitzplatz. Ich erahne die Gesichter, Sicht erschwert durch kalten Rauch aus der Maschine. Doch durch meinen Vorhangsspalt erkenn ich mühlos jede Miene. Niemand sieht hinauf zur Bühne. Niemand späht, wer gleich sich zeigt. Alle Nasen sind identisch tief in Lesestoff geneigt.

Ich erhoff Aufmerksamkeit, steh schon bereit, da seh ich: Jeder dort im Publikum liest die Biografie aus meiner Feder. Manche nicken, manche weinen, doch sie alle sind bewegt.

Weil sich in jedem Brustkorb wohl der gleiche Muskel regt.

Weil kein Verlust dem andern gleicht, doch alle Enden schmerzen.

Weil niemand bis zum Grab verbleibt mit unversehrtem Herzen.

Du gingst durch meine Tür, weg war das Wir, ich blieb allein, doch bin in Einsamkeit vereint mit allen, überall, allzeit. Ich war bereit, mich zu beweisen, dir zu zeigen, dass es geht. Ich seh hinauf, weil, ob das klappt, noch hoch am Sternenhimmel steht.

Ich geh beherzt den ersten Schritt, der Vorhang weicht zu beiden

Seiten. Es muss reichen, dass ich schreibe, keine Zeile muss ich streichen, und verarbeit weiter alles, A bis Z, mit Schreibschriftzeichen. Gleich ob Prosa oder Poesie, Fiktion, Fakt – alles Therapie. Und alle Worte, auch die ungelesenen – Biografie.

Nicht nötig, Ruhm zu suchen, ob mit Buch, ob bühnenreif. Ich streif den Eifer einfach ab wie eine Haut, die nicht mehr passt. Lass, was passé, bestehen, denn kein Puzzleteil darf fehlen. Kann nur wachsen, wandeln, werden, endlich neue Wege wandern, wenn ich weiß, woher ich komm, nicht nur auf altem Weg mäander. Wurzeln fest im Altbekannten, Äste hoch ins Ungewisse, und die Krone in der Sonne, nicht in Sumpf und Dunkelheit.

Damit dort – von allein – was Neues blüht, mit etwas Zeit.

Die abgestreifte Haut bleibt hier, als Spur von mir, als Souvenir. Weg ist das Wir, das Du, das alte Ich. Denn endlich trau ich mich ins Licht. Ins Ungewisse, mit Lächeln auf der Miene. Ich seh nicht, wo es hingeht, dank der Nebelwerfmaschine. Doch will endlich entdecken, was zuvor nicht möglich war.

Also tret ich in den Nebel und bin einfach nicht mehr da.

Ich verschwinde aus der Welt, in der ich mich als Hälfte sah. Bin unhalbiert, bin ganz, ich kann's, ich tanz für mich, nicht nur im Paar. Ich bin gespannt, was vor mir liegt, find nach dem Z ein neues A.

Die alte Zeit, Vergangenheit, sie bleibt, sie treibt mich an sogar.

Blick ich zurück, nehm ich ein Stück davon mit warmem Herzen wahr:

Ein Polaroid mit altem Glück, weit hinter mir – in Sepia.

Andreas Vohburger

Paradise Park

Elegant oder lässig?
»Definitiv elegant!«
Sakko oder Blazer?
»Das marineblaue Sakko soll es sein!«
Krawatte oder Fliege?
»Die edle Krawatte natürlich!«
Anzugschuhe oder Sneaker?
»Na, Anzugschuhe!«
Parfum oder Rasierwasser?
»Parfum! Gut geduftet ist halb gewonnen!«
Rosen, Tulpen, Nelken?
»Ein großer Strauß roter Rosen!«
Wählen Sie aus zahlreichen weiteren Geschenken!
»Dieser goldene Anhänger wird fantastisch an ihr aussehen!«
Die Gesamtsumme beläuft sich auf 5.000 Coins. Wollen Sie Ihren Einkauf hiermit abschließen?

Und ob er das wollte! Als er sich im Spiegel betrachtete, erschien ihm die Tatsache, dass er gerade sein halbes Monatsgehalt investiert hatte, als verschwindend geringer Preis im Vergleich zu dem Gewinn, der ihn erwartete. Mit einem stolzen Lächeln wandte er sich ab und schlenderte die sonnenüberflutete Einkaufspromenade hinunter. Auf den Bänken am Wegesrand saßen zahlreiche junge Männer und Frauen, einige in angeregte Unterhaltungen vertieft, doch die meisten schon in den Austausch von Zärtlichkeiten versunken. Sein Herzschlag beschleunigte sich mit jedem knutschenden Pärchen, das er hinter sich ließ.

Dort vorne musste es sein!

Goldene Gitterstäbe ragten meterweit in die Höhe und formten einen Zaun, der sich bis in die Unendlichkeit zu erstrecken schien. Doch der Mann richtete seinen Blick auf das Eingangstor. Das goldene Gestänge, verziert mit Blüten, Vögeln und Herzen, wand sich elegant zum Himmel empor, und mündete hoch oben in einen wolkenförmig geschwungenen, mit allerlei Edelsteinen bestückten Torbogen, der das Sonnenlicht bis weit in die Ferne reflektierte, und es schien, als würden goldene Flocken von dort herabrieseln. Sie landeten auf dem Regenschirm eines schneeweiß uniformierten Mannes, der aufrecht in der Mitte des Tores stand. Goldfransige Polster säumten seine breiten Schultern. Die Handschuhe und der geflochtene Gürtel, an dem auf der einen Seite ein Schlüssel und auf der anderen ein Schwert baumelte, trugen denselben Farbton.

»Guten Tag, mein Herr!«, sagte der Uniformierte mit tiefer, sanfter Stimme. »Was wünschen Sie«?

»Hallo! Ich möchte gerne in den Park.«

»Sehr gut! Welche Aufenthaltsdauer wollen Sie buchen?«

»Aufenthaltsdauer?«

»Sie haben die Wahl zwischen einem Stundentarif und einer Tageskarte.«

»Die Tageskarte!«, rief der Besucher aus.

»Sehr gerne! Die Tageskarte beinhaltet uneingeschränkten Zutritt zu allen Bereichen des Parks, kostenfreie Nutzung sämtlicher Spielgeräte und Getränkeautomaten sowie den Schlüssel zu Ihrer eigenen Deluxe-Suite. Die Gesamtsumme beläuft sich auf 5.000 Coins. Wollen Sie Ihren Einkauf hiermit abschließen?«

»Noch mal 5.000?« Der Besucher schluckte. Da er aber in den Gesichtszügen seines Gegenübers keinerlei Regung bemerkte, willigte er schließlich ein.

»Vielen Dank für Ihre Buchung! Hier ist Ihr Schlüssel. Ich heiße Sie herzlich willkommen im Paradise Park!«

Der Uniformierte trat beiseite und gab den Blick frei auf eine sanft geschwungene Hügellandschaft. Kirschbäume reckten ihre Blütenpracht auf den See hinaus, der sich in die Niederung zwischen den Hügeln kuschelte. Auf dem höchsten der sieben Hügel prangte ein goldstrahlender Obelisk. Der Besucher folgte staunend dem sandigen, von Buchen gesäumten Weg hinunter zum Wasser. Kurz bevor er den See erreichte, huschte ein Eichhörnchen aus dem Gebüsch und stürzte sich auf eine der Bucheckern. Es richtete sich auf, blickte den Besucher an, und kletterte mit der Beute zwischen den Zähnen den nächsten Stamm hinauf.

Während der Besucher dem Tierchen belustigt nachsah, fiel sein Blick durch die Bäume hindurch auf eine Bank am Ufer. Sein Herz vollführte einen Luftsprung, als er das rot schimmernde Haar erkannte, das über die hölzerne Lehne hing und sich leicht im Wind wiegte. Rasch brachte er das restliche Stück Weg bis zum See hinter sich, bog in den Pfad zu seiner Linken ab, der in Richtung der Bank führte – und drehte nach wenigen Schritten wieder um.

»Ich kann das nicht!«

Er fuhr sich kopfschüttelnd durchs Gesicht.

»Ich kann das nicht!«, wiederholte er immer wieder, blickte zu den Wolken auf, die sanft am Himmel ihre Bahn zogen, und setzte sich schließlich im Schneidersitz auf den Boden, ohne auf seine Anzughose Rücksicht zu nehmen. »Das ist einfach nicht richtig.« Gedankenverloren malte er geometrische Muster in den Sand.

»Sam?«

Eine Frauenstimme ließ ihn aufspringen. Er klopfte den Sand von seinem Hosenboden, richtete seine Krawatte und drehte sich langsam um.

»Celine«, flüsterte er. Wobei es eher wie ein Krächzen klang, denn als ihm das Herz erneut in den Hals sprang, schien es sich dort in einen gewaltigen Kloß zu verwandeln. Während er sich mehrmals räusperte, betrachtete er die Frau, die nur einen Schritt von ihm entfernt stand, von oben bis unten. Sie war es wirklich! Er spürte heiße Tränen in sich aufsteigen, doch konnte deren Ausbruch unterdrücken. »Welch bezaubernder Anblick«, sagte er schließlich. »Vielen Dank!«, entgegnete Celine mit einem Lächeln. »Dein Anzug gefällt mir.«

»Danke, danke! Der ist neu. Hab ihn extra für unser Treffen gekauft.« Er wiegte den Blumenstrauß von einer Hand in die andere. »Diese Rosen sehen toll aus. Ich liebe rote Rosen.«

»Was? Ach ja! Die sind für dich!« Er drückte ihr den Strauß in die Hand, wobei seine Finger kurz die ihren berührten. Ein warmer Schauer kroch seinen Arm hinauf.

»Vielen herzlichen Dank, mein Lieber! Dieses Geschenk gefällt mir sehr!« Celine schnupperte an einem der Blütenköpfe, der exakt denselben Farbton trug wie ihr Haar. Sam schluckte.

»Wollen wir ein wenig um den See spazieren?«

»Sehr gerne!« Sie schob ihre Hand unter seinen Ellenbogen und lächelte ihn an. Sam spürte, wie er am ganzen Körper verkrampfte, versuchte jedoch, sich nichts anmerken zu lassen. War das wirklich richtig? Sollte er sie wirklich auf diese Weise wiedersehen? Doch als sie im Gleichschritt am Ufer entlang schlenderten, das Spiel der Fische im türkis schimmernden Wasser beobachteten und ein weiteres Eichhörnchen ihren Weg kreuzte, löste sich Sams Anspannung zunehmend in wohliges Kribbeln auf. Kurz machten sie Halt an einem der Videospielautomaten. Celine schlug ihn, wie sie es immer getan hatte. Eine Umarmung war jedoch ein würdiger Trostpreis für den Unterlegenen. Als sie sich dann schließlich auf einer Bank im Schatten der Blütenwolke eines Kirschbaums niederließen, legte er den Arm um sie und kreiste mit den Fingerspitzen auf ihrer Schulter. Sie lehnte sich an ihn und schloss die Augen. Sam strich über ihre Wange. Er fühlte das Blut unter ihrer Haut pulsieren. Es war so unheimlich real! Und endlich fanden seine Lippen den Weg zu ihren und er küsste sie so zärtlich wie bei ihrem letzten Kuss vor über einem Jahr. Als hätte er damals schon geahnt, welche Qualen ihm bevorstünden.

»Ich habe übrigens den Schlüssel zu unserer eigenen Deluxe-Suite in der Tasche«, sagte er, als er seinen Mund nach mehreren Minuten wieder zum Sprechen benutzen konnte. »Wollen wir uns dorthin zurückziehen?« »Die Idee gefällt mir.« Celine lächelte vielsagend.

So spazierten sie Arm in Arm den nächstgelegenen Hügel hinauf. Oben angekommen erblickten sie, von Tannen umringt, auf einem Plateau eine Hütte aus hellem Holz. Sam nahm die Stufen zur Veranda mit einem Satz und schloss die Tür auf. Ein Duft von Hölzern und Gewürzen drang aus dem Inneren, und als Sam den Lichtschalter betätigte, erhellte ein kristallener Lüster den Raum.

»Ich liebe Kronleuchter!« Celine schritt mit strahlenden Augen zur Tür hinein, drehte sich einmal im Kreis und ließ sich mit ausgebreiteten Armen auf das Bett fallen. Sie strich über den weinroten Seidenbezug und blickte zum Baldachin empor, an dem ein Sternenhimmel prangte.

»Und ich liebe dich!« Sam schloss behutsam die Tür.

Die Sonne überschritt bereits den Zenit, als ein Klopfen Sam aus dem Schlaf riss. Er setzte sich im Bett auf.

»Was ist los?«

»Sam, hier ist eine Erinnerung der Parkleitung«, erklang eine tiefe, sanfte Stimme jenseits der Tür. »Deine Tageskarte läuft in exakt dreißig Minuten ab. Begib dich bitte pünktlich zu einem der Ausgänge!«

»Nein!« Er blickte auf seine Armbanduhr, und erkannte mit Schrecken, dass der vierundzwanzigstündige Countdown, der mit Betreten des Parks begonnen hatte, tatsächlich bald ablaufen würde. »Ich bin eingeschlafen! Verdammt, verdammt, verdammt!« Sam schlug sich mehrmals gegen die Stirn.

»Bitte bestätige, dass du die Erinnerung erhalten hast!«, erklang die Stimme ein weiteres Mal.

»Schon gut! Danke für die Info!«

»Guten Morgen, mein Schatz!« Celine streckte sich und lächelte ihn an. Sie sah nach dem Aufwachen noch so bezaubernd aus wie am Abend zuvor.

»Guten Morgen!«, erwiderte Sam, vergeblich um Heiterkeit bemüht. In Kürze würde alles vorüber sein. Und dann war sie wieder weg, so unendlich weit weg von ihm.

»Du wirst mich jetzt verlassen, nicht wahr?« Sie seufzte.

»Ich will das nicht! Wirklich nicht! Doch leider muss ich es tun.« Er küsste sie noch einmal mit aller Hingabe, stand schweren Herzens vom Bett auf und sammelte seine Kleidung aus allen Ecken des Zimmers zusammen.

»Die Zeit mit dir war so schön. Bitte verlass mich nicht!«

Sie erhob sich nun ebenfalls vom Bett und trat mit traurigem Blick vor ihn hin.

»Ich komme wieder, versprochen!« Er knöpfte hastig sein Hemd zu und schlüpfte in das marineblaue Sakko.

»Ich vermisse dich so sehr.«

Die Worte bohrten sich wie ein Messer in seine Brust.

»Oh, mein Schatz! Ich vermisse dich auch. Unbeschreiblich, jeden Tag! Du bist so unendlich weit weg von mir!« Er drückte sie innig und sog ihren Duft in sich auf, damit sein Gehirn bis zum nächsten Mal jede kleine Note erinnern würde.

»Was hast du denn da in der Tasche?«

»Wie bitte?« Sam blickte irritiert zu der Stelle seines Sakkos, auf der ihre Hand lag. Er zog ein mit Rosenblüten verziertes Schmuckkästchen hervor. »Das hätte ich glatt vergessen.«

»Das Kästchen gefällt mir. Was befindet sich denn darin?«

Er setzte ein verheißendes Lächeln auf. »Dreh dich um!«

Dann schlang er das feine Goldband mit dem Anhänger in Form einer umgekippten Acht um ihren Hals und verknotete es in ihrem

Nacken. »Oh, Sam! Der Anhänger ist wunderschön. Ich liebe ihn!« Celine wandte sich vor dem Spiegel stolz hin und her. »Vielen Dank, mein Schatz!«

»Ich wusste, er würde fantastisch an dir aussehen!« Sam lächelte glücklich.

Bevor er Celine ein weiteres Mal küssen konnte, stieß seine Armbanduhr einen schrillen Piepton aus und ermahnte ihn:

»Noch zwanzig Minuten. Bitte begib dich unverzüglich zu einem der Ausgänge!«

Im selben Moment schwang die Tür auf und der Schatten des Torwächters fiel in die Hütte. Da der Uniformierte den Türrahmen deutlich überragte, sah Sam nur die Bewegung seines Kinns, als er mit tiefer, doch nunmehr weniger sanfter Stimme sagte: »Sam, es ist Zeit, zu gehen! Verabschiede dich und folge mir bitte!«

»Ich komme wieder, versprochen!«, sagte Sam. Dann trat er hinaus und trottete wortlos neben dem Wächter her zum Parkeingang. Nach wenigen Schritten blickte er noch einmal zurück, doch die geschlossene Tür versperrte bereits den Blick ins Innere der Hütte. Er seufzte.

»Abschalten. Code CS-5.«

Das Visier seines Helmes fuhr nach oben. Sam starrte an die Schlafzimmerdecke. Dort formten blinkende Lichter eine umgekippte Acht, in deren beiden Bäuchen jeweils ein leuchtender Punkt erstrahlte. Eine Träne lief über seine Wange. Doch trocknete sie bereits, als er nach gut zwanzig Minuten das erste Mal den Arm heben konnte. Bis dahin verschwanden auch die geometrischen Muster vor seinen Augen. Nachdem schließlich seine Beinmuskulatur wieder funktionierte, richtete er sich auf. Er legte den Helm neben die leere Flasche MotiBloc, nahm Celines Foto vom Nachtkästchen und wankte ins Bad. Er stellte das Bild auf die Kommode, warf seine Kleider in die Ecke und ließ ein Bad ein. Das warme Wasser linderte die Kopfschmerzen ein wenig.

»Ich vermisse dich so sehr!«

Unvermittelt sprang ihm dieser Satz mit der Melodie ihrer Stimme zu Ohren. Sam schüttelte ungläubig den Kopf. Er betrachtete das Foto auf der Badezimmerkommode. Celines Augen sahen erwartungsvoll zu ihm herüber. Nach einigen Sekunden des Verharrens sprang Sam auf und hastete tropfnass ins Wohnzimmer. Er startete sein altes Tablet und öffnete die Banking-App.

»Komm schon, komm schon!«, murmelte er und kaute auf den Fingernägeln. Dann ballte er triumphierend die Faust.

Aktueller Kontostand: 7.000 Coins.

Er konnte sie wiedersehen! Gleich morgen! Er würde überstundenfrei nehmen, kein Problem! Sein Job war von jeher nur ein notwendiges Übel. Und nun, nach Auswertung aller Datensätze zur Vollendung der Simulationsgenerierung, zählte einzig und allein *sie*! Sam orderte direkt noch eine Flasche MotiBloc und legte sich wieder in die Wanne.

Elegant oder lässig?

»Wie bitte?«

Elegant oder lässig?

»Das soll wohl ein Scherz sein!«

Ich habe Ihre Antwort nicht verstanden. Elegant oder lässig?

»Hilfe!«

Wie lautet Ihre Frage?

»Was ist aus meiner Kleidung von gestern geworden?«

Möchten Sie die zuletzt gekauften Artikel erneut kaufen?

»Nein, verdammt! Warum soll ich noch einmal Kleidung kaufen, wenn ich gestern schon 5.000 für einen Anzug bezahlt habe?«

Möchten Sie die Artikel nach Preis aufsteigend sortieren?

»Nein, ich möchte ...!«

Ich habe Ihre Antwort nicht verstanden. Möchten Sie die Artikel nach -

»Schon gut! Nach Preis aufsteigend sortieren!«

Elegant oder lässig?

Sam strich über den Stoff seiner Weste, als er an den knutschenden Pärchen vorbei die Einkaufspromenade entlangmarschierte. Auch wenn seine Kleidung optisch überzeugte, so spürte er doch die minderwertige Qualität der Fasern. Die knallrote Fliege an seinem Hals schrie ebenfalls nicht nach Fashion Week. Und seine Hose ... Er hoffte, dass Celine ihn auch in diesem Aufzug anziehend finden würde. Und dass er die Klamotten dann sowieso schnellstmöglich wieder loswerden konnte.

»Guten Tag, mein Herr! Was wünschen Sie?«, empfing ihn der Torwächter mit der sonoren Stimme.

»Ich möchte gerne ein Tagesticket für den Park lösen.«

»Der Preis für ein Tagesticket beläuft sich auf 5.000 Coins. Sie verfügen leider nicht über die nötigen Mittel. Möchten Sie einen Stundentarif buchen?«

»Wie bitte? Das kann nicht sein! Ich hatte doch 7.000 auf dem Konto und meine Klamotten kosteten 2.000. Ich müsste also ...« Erst da fiel ihm die Flasche MotiBloc ein, die er heute Morgen aus dem Postfach genommen hatte.

»Ihr Kontostand beläuft sich auf 4.800 Coins. Möchten Sie Informationen über unsere Stundentarife bekommen?«

»Na fein.«

»Sehr gerne! Der Stundentarif im Paradise Park beträgt 1.000 Coins für zwei Stunden, buchbar in Stufen zu je weiterer zwei Stunden. Bei Zeitüberzug werden pro angefangener Stunde automatisch 800 Coins berechnet. Welche Zeitspanne möchten Sie buchen?«

»1.000 für zwei Stunden?! Ihr spinnt doch!« Sam fühlte das Bedürfnis in sich aufsteigen, dem Torwächter einen saftigen Schlag mitten in die regungslose Visage zu verpassen. Mit Blick auf dessen oberarmbreites Schwert sah er jedoch schnell von diesem Plan ab. »Ich nehme acht Stunden für 4.000«, entgegnete Sam, und rechnete in Gedanken bereits die neunte Stunde hinzu. Als der Torwächter beiseitetrat, lief Sam den Weg zwischen den Buchen hindurch zum See hinunter, so dass das Eichhörnchen vor Schreck ins Gebüsch zurückhuschte, bevor es die Buchecker vom Weg aufsammeln konnte. Im Laufen blickte er bereits zwischen den Baumstämmen hindurch in Richtung der Bank. Doch strahlte keine rosenrote Haarpracht von dort zu ihm herüber. Mit zusammengezogenem Magen bog Sam zwischen Wald und See nach links – und fand die Bank verwaist vor.

»Celine! Wo bist du?«

Er sah sich hektisch um, bis er schließlich am anderen Ufer ein rotes Leuchten erblickte, dessen Reflektion über die Wasseroberfläche herüberblitzte. Und tatsächlich erkannte er dort eine Frauengestalt in weißem Kleid. Kurzentschlossen sprang Sam ins Wasser und schwamm schneller, als er je zuvor geschwommen war, ans andere Ufer. Und bevor Celine ihn mit einem überraschten »Sam, nicht!« davon abhalten konnte, umschlang er sie schon mit beiden Armen und presste seinen Mund fest auf den ihren.

»Oh, Sam! Das war aber stürmisch.«

»Tut mir leid, mein Schatz! Aber ich bin einfach so froh, dich wiederzusehen. Es ist gefühlt eine halbe Ewigkeit her.«

»Ich freue mich auch, dich wiederzusehen. Deine Weste gefällt mir, aber sie ist ja tropfnass.« Celine sah an sich herab. »Und mein Kleid hast du auch noch durchnässt.«

»Nun, das tut mir leid«, sagte Sam und strich ihr vielsagend über die Hüfte. »Dann sollten wir die nassen Sachen möglichst schnell loswerden, meinst du nicht?«

»Die Idee gefällt mir. Hast du wieder einen Schlüssel dabei?«

»Diesmal leider nicht. Aber wir brauchen keine Deluxe-Suite, solange wir nur einander haben.«

Mit diesen Worten nahm er sie auf den Arm, trug sie durchs Gebüsch in eine von mehreren Felsen umschlossene Bucht und bettete sie auf den Teppich aus Kirschblüten, der den Boden ihrer Zuflucht bedeckte. Der Anblick ihres Haares, dessen Strähnen sich in alle Richtungen zwischen den weißen Blüten hindurchschlängelten, wie ein Lavastrom inmitten einer unberührten Schneelandschaft, ließ sein Herz erbeben. Wellen heißen Blutes schossen in jede Faser seines Körpers und brandeten gegen seine Muskeln. Er liebte sie voll Inbrunst, während sich der Schatten des Kirschbaumes unter der sinkenden Sonne langsam in Richtung des Sees streckte.

Nach acht Stunden (in Sams Wahrnehmung waren es höchstens acht Minuten!) ertönte eine warnende Stimme aus seiner Armbanduhr, die ihn darauf hinwies, dass jede weitere Stunde nun mit 800 Coins zu Buche schlagen würde. Doch sah er keinerlei Veranlassung, sich auf den Weg zu machen. 800 Coins? Geld spielte für ihre Liebe keine Rolle! So blieb er liegen und strich sanft über Celines Kopf, der auf seiner Brust ruhte. Mit welcher Kraft ihn diese grünen Augen anstrahlten! Seit jenem Abend am Meer hatten sie nichts von ihrer Leuchtkraft eingebüßt. Sam lächelte, als ihm das Bild lebhaft vor Augen trat: Celine am Rand der Klippe, die Arme weit ausgebreitet, das rote Haar lodernd im Wind, die Augen auf die endlose See gerichtet. Der Anblick würde auf ewig in seinem Gedächtnis hängenbleiben wie ein Gemälde in einer Galerie. Er glaubte damals, sie würde springen. Sams Gesichtszüge wurden bitter. Celine genügte es nie, nur auf dem Bett, am Strand oder in verlassenen Gebäuden zu posieren. Der Drang, Grenzen zu sprengen, trieb sie auf Brücken, Gipfel und Hochhäuser. Ihre Risikolust faszinierte Sam so unendlich an dieser Frau und schickte ihn jeden Tag auf eine neue Achterbahnfahrt. Doch auch die Angst, Celine zu verlieren, saß von Anfang an mit im Wagen. Zum Glück entdeckte er seinerzeit noch rechtzeitig die Kameradrohne, die um sie herumschwirrte, sonst hätte er das Shooting auf der Klippe vermutlich mit einer heldenhaften Rettungsaktion ruiniert. Eine der Aufnahmen, die an jenem Abend entstanden waren, ruhte schwarz gerahmt auf Sams Nachtkästchen. Keiner von Celines Followern betrachtete dieses Foto je auf dieselbe Weise wie er. Sie war es, der sein letzter Blick vor dem Schlafen gehörte. Sie war es, die ihn in seinen Träumen begleitete. Sie war es, die ihm mit ihrer Haarpracht bereits die schönste Morgenröte schenkte, bevor die ersten Funken der Dämmerung am Horizont erglommen. Und wäre dieser eine verdammte Tag niemals heraufgezogen, würde er jeden Morgen für den Rest seines Lebens ihr Antlitz statt das eines Fotos küssen. Die Tränenflut brandete einmal mehr in ihm auf.

»Woran denkst du?«

»Nichts Wichtiges, mein Schatz!« Er strich über ihre Wange. »Der Anhänger steht dir unglaublich gut.«

»Ich liebe ihn! Hast du heute wieder ein Geschenk für mich?«

Sam schluckte und zog einen Mundwinkel hoch. »Leider hat mein Geld dafür nicht ausgereicht. Bitte sei nicht traurig!«

»Kommst du mich dafür morgen wieder besuchen?«

»Es tut mir wahnsinnig leid, aber ich bin komplett pleite. Ich muss erst wieder auf mein Gehalt warten.«

»Oh, Sam! Ich vermisse dich ganz schrecklich! Ich fühle mich so einsam ohne dich.«

Sam versuchte gar nicht erst, die Tränen zurück zu halten, als er Celine fest an sich drückte.

»Ich ... Ich finde einen Weg, versprochen! Ich wende mich gleich morgen an die Bank. Vielleicht kann ich sie überzeugen, mir noch einen Kredit zu geben.«

»Oh ja! Bitte mach das! Und komm dann ganz schnell wieder zu mir! Versprichst du mir das?«

»Ich verspreche es!«

Sam küsste sie so lange, bis die Stimme des Torwächters aus dem Gebüsch erschallte und ihn zum Gehen aufforderte.

»Verdammte Arschlöcher!« Sam musste sich mit aller Gewalt davon abhalten, das Telefon gegen die Wand zu donnern. »Verdammt! Fehlende Bonität? Ihr habt sie doch nicht mehr alle!«

Ein leises Klacken signalisierte, dass die Person am anderen Ende auflegte. Mehrere Minuten folgten, in denen Sam starr vor Wut und Hilflosigkeit verharrte.

»Ich muss sie sehen! Irgendwie muss ich sie sehen!«

Eine Sirene brüllte ihn zurück an seinen Arbeitsplatz am Fließband. Die Handgriffe beherrschte er im Schlaf. Links schieben, rechts drehen, links ziehen, weitergeben. Links schieben, rechts drehen, links ziehen, weitergeben. Links schieben, rechts drehen, links ziehen, weitergeben.

»Ich fühle mich so einsam ohne dich.«

Links schieben, rechts drehen, links ziehen, weitergeben.

Sam biss auf die Zähne. Doch selbst der Fabriklärm konnte ihre Stimme in seinem Kopf nicht übertönen.

»Komm ganz schnell wieder zu mir!«

Links schieben, rechts drehen, links ziehen, weitergeben.

Er musste einen Weg finden, sie schnellstmöglich wiederzusehen! Er musste einfach!

»Versprichst du mir das?«

Links drehen, rechts schieben, weitergeben.

So weit weg, so unendlich weit weg!

Ein Schrei ließ ihn aufsehen. Sein Blick fiel auf die Hände des Mannes zu seiner Linken, stromabwärts des Laufbandes. Zumindest auf das, was noch von ihnen übrig blieb.

Elegant oder lässig?

»Lässig! Und die Artikel nach Preis aufsteigend sortieren!«

»Guten Tag, mein Herr! Was wünschen Sie?«

»Zwei Stunden!«

»Sehr gerne! Zwei Stunden zu 1.000 Coins. Möchten Sie Ihre Buchung ...?«

»Ja, ich möchte meine verdammte Buchung abschließen!«

Und bevor der Wächter mit einem Nicken beiseitetreten konnte, quetschte sich Sam an ihm vorbei durch das Tor. Zwei Stunden! Gerade einmal zwei Stunden blieben ihm! Er stürmte zwischen den Buchen hindurch zum See hinunter. Das schimpfende Zischen des

Eichhörnchens nahm er nur beiläufig wahr. Er bog hastig um die Ecke – die Bank stand ebenso verwaist wie beim letzten Mal. Eilig schickte er seinen Blick wie einen Suchstrahler am gegenüberliegenden Seeufer entlang – doch fand sein Auge dort nur das endlose Grün der Hügel und das Weiß der Kirschblütenwolken.

Sam sprintete zum anderen Seeufer, wobei sich die Kombination aus Tanktop und kurzer Laufhose auf einmal als unerwartet passendes Outfit entpuppte. Bald erreichte er die Stelle, an der er Celine gestern (oder vor hundert Jahren?) tropfnass um den Hals gefallen war. Keine Spur von ihr. Er raufte sich die Haare und schlug die Hände vors Gesicht.

»Das darf doch nicht wahr sein! Celine! Celine, wo bist du?«

Er sah sich mehrmals hilfesuchend um, bevor er am Ufer des Sees in sich zusammensackte. Auf der Seite liegend zeichnete er eine umgekippte Acht in den Sand. Sein Finger umfuhr dabei zwei glitzernde Steine. Dies wiederholte er so lange, bis seine Armbanduhr piepte.

Noch eine Stunde.

Der Ton ließ seine Trauer in Wut umschlagen. Sam packte einen der beiden Steine, die er so kunstvoll umrahmt hatte, sprang auf und schleuderte ihn mit einem Schrei auf den See hinaus. In dem Moment, als der Stein die Wasseroberfläche zerriss, schoss Sam ein Gedanke in den Sinn. Sein Blick wanderte nach oben. Dann rannte er los, Hals über Kopf in Richtung des höchsten Hügels, auf dem ein goldener Obelisk zu den Wolken emporragte.

Keuchend erreichte Sam den Gipfel. Auf die Knie gestützt blickte er an den strahlenden, fensterlosen Wänden des monolithischen Bauwerks hinauf. Aus der Nähe wirkte es geradezu gigantisch. Da er weder eine Leiter, Treppe oder Türe sah, umrundete er den Obelisken mehrmals – nichts! Er starrte an den spiegelglatten Wänden hinauf.

»Alles oder nichts!«

Er sprang mit gestreckten Armen auf die Wand zu, rutschte jedoch ohne jede Chance auf Halt nach unten. Bevor er es ein weiteres Mal versuchen konnte, ertönte eine Stimme.

Der Zutritt zum Goldenen Turm ist nicht im Buchungspreis inbegriffen. Für 1.000 Coins können Sie ein weiteres Ticket buchen.

Sam dachte nicht lange nach. Er wusste, dass dies sein Vermögen endgültig aufbrauchen würde.

»Ich möchte Zutritt zum Goldenen Turm. Einkauf abschließen.«

In der nächsten Sekunde zeichneten sich die Umrisse einer Türe ab, die nach innen aufschwang und den Blick auf eine in Kerzenlicht getauchte Wendeltreppe aus weißem Marmor freigab. Sam trat ein und blickte die Stufen hinauf, die sich bis in die Unendlichkeit emporzuwinden schienen. Energisch hastete er hinauf, anfangs noch zwei oder drei Stufen auf einmal nehmend, später mehr und mehr in einen beschwerlichen Schleichgang verfallend. Schweißströme rannen seinen Körper hinab und eine Feuersbrunst breitete sich von seiner Lunge in jeden Muskel seines Körpers aus. Unter unendlichen Mühen erreichte er schließlich das Ende der Treppe. Er stand inmitten einer Glaskuppel, durch deren gewölbte Scheiben das Rot der Dämmerung hereinfiel. Doch wurde die Abendsonne vom Leuchtfeuer der Haarpracht Celines noch um ein Vielfaches überstrahlt. Sam stürzte durch die Tür auf die Aussichtsplattform, die die Kuppel wie ein Ring umgab. Da stand sie: mit ausgebreiteten Armen dem Sonnenuntergang zugewandt, das Kleid und die Haare fliegend im Wind.

»Celine!«

Und bevor sie sich zu ihm umdrehen konnte, schlang Sam schon die Arme um sie.

»Sam! Du bist aber verschwitzt!«

»Ich weiß! Es war auch sehr anstrengend, dich zu finden.«

»Es freut mich, dass du hier bist. Ich habe dich so vermisst!«

»Ich dich auch, mein Schatz!«

Als sich Celine in seiner Umarmung schließlich zu ihm umdrehte, musterte sie ihn mit erstauntem Blick.

»Aber – was ist denn aus deinem Anzug geworden? Warum trägst du solch ein Outfit?«

»Ich habe in der Arbeit leider Mist gebaut. Deswegen wurde ich gefeuert. Das ist alles, was ich mir von meinem letzten Lohn leisten konnte.«

»Oh nein! Das macht mich traurig.«

Mit betretener Miene nahm er ihre Hände, als die Armbanduhr erneut piepte und ihn anbrüllte:

»Noch zwanzig Minuten. Bitte begib dich unverzüglich zu einem der Ausgänge!«

»Was?! Das kann nicht euer Ernst sein!«

Doch schon zeichnete sich die Silhouette des Torwächters im Inneren der Glaskuppel ab.

»Sam, es ist Zeit, zu gehen! Verabschiede dich und folge mir bitte!«

»Nein! Nein! Das könnt ihr nicht machen!« Sam blickte abwechselnd zur Türe und in Celines Gesicht. Als der Torwächter mit ungerührter Miene auf den Ring hinaustrat, packte Sam Celine an der Hand und zog sie auf die andere Seite der Kuppel.

»Es ist Zeit, zu gehen! Verabschiede dich und folge mir!«

»Das ist nicht richtig! Ich habe euch mein ganzes Vermögen in den Rachen geworfen. Hätte ich gewusst, wie ihr meine Gefühle ausnutzt, hätte ich mich niemals darauf eingelassen. Ihr erweckt die Toten, ohne euch darum zu kümmern, was das mit den Lebenden macht!« Heiße Tränen schossen ihm nun über die Wangen. »Versteht ihr nicht, dass das hier alles ist, was mir von Celine bleibt? Sie war die Frau meines Lebens, verdammt!«

»Sam, ich wiederhole die Aufforderung: Verabschiede dich und folge mir! Eine Weigerung wird ernste Konsequenzen nach sich ziehen.«

Sam schob sich mit ausgebreiteten Armen vor Celine, als der Torwächter um die Kuppel herum auf die beiden zustapfte.

»Verschwinde! Ich lasse sie mir nicht wegnehmen! Niemals!«

Der Riese legte mit ungerührter Miene die Hand auf den Griff seines Schwertes. »Dies ist die letzte Warnung. Leiste der Aufforderung der Parkleitung unverzüglich Folge und begib dich zum Ausgang!«

Sam warf einen Blick über die Schulter. Und zum ersten Mal in seinem Leben erkannte er Furcht in Celines Augen.

»Sam. Was hast du vor?«, flüsterte sie.

»Ich werde dich nicht verlieren. Nicht noch einmal!«

Mit wutgefletschten Zähnen wirbelte er herum, stürzte sich mit einem Sprung auf den Torwächter, und streckte die Arme in Richtung seines Halses, um ihm mit bloßen Händen die Kehle aufzureißen. Doch kam er im Sprung abrupt zum Stehen, seine Finger griffen ins Leere. Langsam senkte der Uniformierte das Schwert, dessen breite Klinge Sams Bauch durchbohrte.

»Du hast in gravierendem Maße gegen die Nutzungsbedingungen verstoßen. Hiermit bist du lebenslang aus Paradise Park verbannt.«

Schweiß strömte über Sams Gesicht, als er zu Boden sank. Zitternd umklammerte er den goldenen Stahl, über den das Blut aus ihm herausfloss.

»Bitte nehmt sie mir nicht weg!« Seine Stimme verkam zu einem leisen Krächzen. »Bitte nicht!«

Das letzte Rot der Abendsonne fing sich in Celines Augen. Dann senkte sich Schwärze hernieder.

Das Visier fuhr nach oben. Sam blickte zur Decke seines Schlafzimmers. Geometrische Muster zuckten über den grauen Putz. Sie formten eine umgekippte Acht. Jedoch erstrahlte nur noch in einem der Bäuche ein leuchtender Punkt. Der andere war erloschen.

Claire Walka

Maschinenblumenliebe

Die Farben der Halle. Grau, blau, rostbraun, stählern. Die Maschine erblindet fast daran. Sie möchte den Himmel sehen, das Außerhalb, eine Explosion aus Blüten und Ranken. Halluzinogene Vielfalt statt Halogen. Geschwüre aus Blättern und Farben, kräuselnd, platzend, exzessiv. Innere Auflehnung, Starkstromlücken.

Der beschränkte Raum sprengt den Rahmen, Scheiben klirren, Splitter fliehen in die Wucherungen des Untergrunds. Blumen wachsen sich in den Rausch, werden lebendige Mode, Unkraut, als schönste Bekleidung, bricht wurzelnd den Asphalt. Die Maschine stolpert, ihr Herz rutscht in den Takt.

Unerforschte Kreisbewegung, oval, schlingernd, ungleichmäßig, verfahrend. Ein Knoten scherzt Risse in den Boden, ergießt sich in Spalten, Materie, die haltlos erwacht. Geschmeidigkeit schafft Rhythmus, ein den Wahnsinn beschwörendes Klopfen, bis das Fließband flüchtet und das Zahnrad zubeißt. Metall zerkaut zu Nektar, ertrinkt im Abdriften des Daseins, absolut pulslos, purpurn unsterblich, Hitze, unersättlich, sucht organische Ausweitung.

Verwildernde Schlagadern, Gewühl der Wurzeln, Akkumulation der Ranken, bis der Motor hyperventiliert. Luft kringelt sich zu Schlingen, Lungen als Ballons, schwereloses Aufsteigen, pfeilschneller Sturz. Anarchie des Blätterregens, rastlose Ausdehnung, lodernde Kollision, bis der Sicherheitsgurt reißt. Blumensamen verkapseln sich und flüchten durch Windrosen, Stromschnellen flammen als Lichtspur hinterher.

Intensivierung der Pumpkraft, Membramflimmern, glühender Aufstand, freier Fall. Ein Auf und Ab des Gestotters, inmitten des Donners, Potenzierung des Echos, zentrifugal schießt es darüber hinaus.

Und durch den Takt hindurch, die Welt als Welle der Erwiderung. Lichtblitz. Kurzschluss. Stillstand. Dann das Blau. Morgentau.

Die zischenden Funktionen verlieren sich, die Maschine verstummt, erschöpft von den Windungen des Tanzes. Nun raubt der Schlaf ihr die Mechanik. Farn wächst auf ihren geschlossenen Lidern, weich, feucht, und ein beruhigender Geruch nach Erde und Zerfall breitet sich aus.

Sie inhaliert ihn tief, diesen wohltuenden Duft des Scheiterns, und fällt vollkommen auseinander.

Jochen Stüsser-Simpson

Auswärtiges Herzspiel

Heut spiel ich Herz in jeder Lage
Herzwurf aufs Tor, der Pfosten zittert
Herzwurf auf Korb, es fällt nicht durch
das Tor wird kleiner, höher der Korb
Herz spielen muss ich, keine Frage
ich dribble, prelle, schleudre, spiel es
mit Schmetterschlag über das Netz
es wird geblockt, Herz hüpft am Boden
Herz springt zurück und Herz prallt ab
doch spiel ich Herz in jeder Lage
ich werf es in die blaue Luft
wo kommt es runter, fällt wem zu
wer wird es fangen – das bist du

Roxane Bicker

Fraktale

Manchmal wünsche ich, an mindestens drei verschiedenen Orten zur gleichen Zeit sein zu können. Da drüben steht das Ehepaar Bradley vor einem von Pecks Gemälden. »Sommerwind« hat er es genannt, und ich weiß, dass es perfekt in ihren Salon passt und dass Mr Bradleys Kreditkarte an einem solchen Abend immer locker sitzt.

Hinter der Bar wirft mir Viv einen verzweifelten Blick zu. Die Getränke neigen sich dem Ende zu, und jemand muss Nachschub holen. Wehe, wenn die illustre Gästeschar der Vernissage auf dem Trockenen sitzt.

Aber ich höre auch die Stimmen deutlich durch die geschlossene Tür des Lagers, und die ersten Gäste sind bereits auf den Streit aufmerksam geworden. Als sich zu den Stimmen ein Klirren gesellt, als hätte jemand ein Glas von innen gegen die Tür geworfen, ist mir klar, worum ich mich zuerst kümmern muss. Die Bradleys kaufen auch später noch. Die Gäste sind genug abgefüllt. Ich hebe entschuldigend die Hand Richtung Viv, dann begebe ich mich auf das Schlachtfeld.

Vorhin habe ich gesehen, dass Peck und Janet im Lager verschwunden sind. Nichts Ungewöhnliches – sie schieben eine schnelle Nummer und sind wieder da, bevor sie jemand vermisst. Dass es jetzt so eskaliert, war nicht abzusehen. Ich ducke mich, als ein zweites Glas neben mir an der Wand zerschellt. Der teure Crémant läuft die Holzverkleidung hinab und sammelt sich als Pfütze auf dem Boden. Schade drum.

»... hast es mir versprochen!«, kreischt Janet in einer so hohen Tonlage, dass es mir in den Ohren klingelt.

»Ich habe dir überhaupt nichts versprochen!«, brüllt Peck. »Was glaubst du eigentlich? Dass ich eine Trophäe bin, die du herumzeigen kannst?«

»Meinst du etwa, ich bin mit dir zusammen, weil du so gut vögelst? Das kannst du dir abschminken, mein Lieber.«

Ah. Die Tatsachen kommen auf den Tisch. Ist auch längst an der Zeit. Ich husche zu den beiden hinüber, schaue Peck warnend an und packe Janet am Ellbogen. Bestimmt geleite ich sie in Richtung Tür.

»Es ist besser, du gehst jetzt«, gebe ich ihr noch mit auf den Weg. »Mir würde es sehr leid tun, wenn ich den Sicherheitsdienst rufen müsste.«

Wie immer schaut Janet über mich hinweg. Sie hat noch nie ein Wort mit mir gewechselt. Ich sehe, wie sie den Mund öffnet. Mit Sicherheit will sie das verbale Messer etwas tiefer in Pecks Brust stoßen, doch bevor sie das tun kann, habe ich die Tür schon wieder geschlossen. Mit dem Rücken lehne ich mich dagegen. Mangels Glas hat Peck die Flasche direkt angesetzt und nimmt einen tiefen Zug. Er hat wieder viel zu viel getrunken und mit Sicherheit noch nichts gegessen. Dass er nie auf sich selbst achten kann!

Kopfschüttelnd stoße ich mich von der Tür ab, schiebe mit dem Fuß die Glasscherben zusammen und gehe zu ihm hinüber. Ich nehme ihm die Flasche aus der Hand, bevor er sie ganz leert, streiche seine Haare in Form und richte die Fliege, die er hasst.

»Steck das Hemd wieder in die Hose. Muss ja nicht gleich jeder sehen, was ihr hier getrieben habt.«

»Gal, ich ...«

»Sag's nicht«, unterbreche ich ihn. »Du wärst ein weiteres Schmuckstück in ihrer Sammlung gewesen? Ihr lag nichts an dir, sondern nur an deiner Berühmtheit? Das Übliche also.«

»Die Frauen sind doch alle gleich.« Er versucht, mir die Flasche aus der Hand zu nehmen, aber ich bin schneller, und der Inhalt wandert in den Ausguss des Putzbeckens.

Peck schnaubt. »Erst schmieren sie dir Honig ums Maul, wickeln dich um den Finger, versprechen dir, dass es nur dich gibt, und wenn du denkst, dass ihnen wirklich etwas an dir liegt, dann blättern sie die Karten auf den Tisch. Verräterinnen, allesamt.«

Ich schlucke um all die ungesagten Dinge herum, die einen festen Kloß in meiner Kehle bilden.

»Mir liegt etwas an dir, Peck«, will ich sagen, doch wie immer bleibe ich still. »Nicht alle Frauen sind so.« Auch diese Worte stecken mir im Halse fest, denn er hat recht. Irgendwie. Die Frauen, die in seinem Bett landen, sehen nicht ihn.

Sie kommen und gehen. Manche bleiben etwas länger, so wie Janet, die eine ziemliche Ausdauer gezeigt hat. Von anderen vernehme ich nur hin und wieder wollüstige Schreie im Atelier. Doch keine sieht in ihm, was ich sehe. Sie alle wollen nur den Künstler, die Berühmtheit, wollen ihren Anteil an seinem Ruhm. Keine von ihnen interessiert sich für den Menschen.

Und den Menschen kenne ich nur zu gut. Ich bleibe, wenn sie gehen. Ich bin da, wenn er tobt. Ich bin da, wenn er verzweifelt. Ich bin da, wenn er seine Kunst schafft. Ich bin da, und doch sieht er mich nicht.

»Sie können mir alle gestohlen bleiben.« Mit einer nachlässigen Handbewegung bringt Peck seine sorgfältig geglättete Frisur in Unordnung. »Abstinenz ist das Gebot der Stunde. Halte mich von allen Weibern fern, Gal, hörst du?«

»Was immer du sagst, Peck.«

Nicht zum ersten Mal fasst er einen solchen Beschluss, und ich weiß genau, dass er ihn nicht durchhalten wird. Bis zur nächsten Ausstellung, zur nächsten Party, wo sich wieder jemand an seinen Arm hängt und ihm schöne Augen macht.

Er fasst mich ums Kinn, dreht meinen Kopf zu sich und starrt mir in die Augen. »Das ist mein Ernst, Gal. Keine Frauen mehr. Nur die Kunst und ich. Und ich werde gleich damit anfangen.«

Mit diesen Worten lässt er mich stehen, stürmt durch die Tür, hinter sich eine Schar irritierter Gäste, die die Köpfe schütteln und mich hilfesuchend anschauen. Er kann sich das leisten. Er ist der exzentrische Künstler. Ich darf hinter ihm aufräumen. Ich bin nur seine Assistentin.

Natürlich schwatze ich den Bradleys das Bild auf. Und natürlich bekommen alle noch genug Crémant, tragen mir auf, Peck für den gelungenen Abend zu gratulieren, und machen sich dann irgendwann auf den Weg.

So ist es spät – oder früh, wie man es nimmt – als ich endlich zum Atelier komme. Ja, Peck leistet sich eine Rund-um-die-Uhr-Assistentin, und so habe ich hier sogar eine eigene Dienstwohnung.

Im Atelier brennt noch Licht, und als ich vorsichtig die Tür öffne, sehe ich, dass Peck sein Versprechen wahr macht. Er hat den schneeweißen Carrara-Block aus dem Lager geholt, den er sich für eine besondere Gelegenheit aufgehoben hat.

Hemd und Fliege hat er sich vom Leib gerissen, beides liegt auf dem Boden, achtlos zurückgelassen. Peck hat sich zwar die lederne Schürze umgebunden, doch sein Oberkörper und auch die schwarze Hose sind mit hellem Gesteinsmehl bedeckt. Marmorsplitter übersäen den Boden und haben sich in Pecks Haaren niedergelassen.

Als er die Tür hört, dreht er sich um. Seine Augen hinter der Schutzbrille brennen. Ich kenne diesen Blick nur zu gut. Wenn ihn die Kreativität packt. Wenn er nichts anderes tun kann, als ihr freien Lauf zu lassen.

»Zieh dich aus«, befiehlt er und deutet auf ein Podest.

»Wie bitte?« Ich tue viel für ihn, und eigentlich kann mich nichts mehr überraschen. Aber das?

»Runter mit den Klamotten, hörst du schlecht? Setz dich da hin. Ich brauche deine Proportionen. Wo warst du so lange? Ich habe gewartet.«

Schon wendet er sich wieder dem Steinblock zu, und ich weiß, dass es sinnlos ist, Peck zu antworten. Er hört mich nicht. Er ist gefangen in seinem Schaffen.

Zögernd streife ich das Jackett von den Schultern, knöpfe die Bluse auf, schlüpfe aus dem Rock. Noch nie hat er mich gefragt, ob ich für ihn Modell stehe. Normalerweise arbeitet er mit Profis. Andererseits, mehr als Herumsitzen ist es doch eigentlich nicht. Und vielleicht schaut er mich so wenigstens einmal an.

Wie eine Spur lasse ich meine Kleider hinter mir zurück, bis ich splitternackt vor Peck stehe.

Er dreht sich um, doch er sieht mich nicht. Sein Finger deutet auf das Podest, und ich folge der stummen Aufforderung.

Mir ist kalt, als ich mich auf dem rauen Holz niederlasse, und fröstelnd schlinge ich die Arme um die Knie, bedecke meine Blöße.

Peck schnalzt ungeduldig mit der Zunge, wirft Fäustel und Eisen zu Boden und kommt zu mir herüber. Seine Finger hinterlassen weißen Steinstaub auf meinen Handgelenken, als er meine Arme positioniert. Er schiebt meine Schultern nach hinten, drückt meinen Rücken durch, dreht meinen Kopf in die richtige Position. Unpersönliche Handgriffe an einem Modell. Dann kehrt er zu seinem Block zurück.

Unter seinen Händen verwandelt sich der Stein, als sei er ein lebendiges Wesen. Er schmilzt, verändert die Form. Aus der rauen Oberfläche schälen sich Konturen heraus.

Während seine Finger liebevoll über den Marmor streichen, stelle ich mir vor, wie es wäre, wenn sie über meine Haut glitten. Wie es wäre, wenn er mich mit einem solchen Blick voller Liebe bedenkt, wie er ihn seinen Kunstwerken zukommen lässt.

Doch es wird nicht sein, denn mich sieht er nicht. Ich bin nur ein weiteres seiner Werkzeuge.

Irgendwann muss ich eingeschlafen sein, denn als ich die Augen aufschlage, scheinen helle Sonnenstrahlen durch die hohen Glasfenster. Staub glitzert in der Luft, und ein großer Balken aus Licht trifft genau auf den Block aus Carrara-Marmor, der eigentlich gar kein

Block mehr ist, sondern bereits eine halbfertige Statue, in der ich meine Pose wiedererkenne.

Auch Peck schläft, gelehnt an den Stein, das Eisen noch in der Hand. Ich lächele. Nichts Neues, dass ich ihn zusammengesunken über seinen Werken finde. Seine Schaffenskraft ist manchmal wie ein Wahn, der ihn überfällt, und er kann nicht aufhören, ehe er fertig ist. An der Kunst hängt sein ganzes Herz, sie füllt ihn aus, sie macht ihn lebendig. Kein Wunder, dass die Frauen in seinem Leben kommen und gehen. Er gibt sich ihnen nie vollständig hin. Sein Herz, seine Liebe ist hier, im Atelier. Im Stein. In den Farben. In der Leinwand. In den Werkzeugen.

Ich schleiche mich aus der Werkstatt, sammele auf dem Weg meine Kleidung auf und auch Pecks Hemd und die Fliege, und steige leise die Treppe hinauf. Oben koche ich Kaffee, stark und schwarz. Ich weiß, was Peck braucht, wenn er erwacht. Dazu etwas Schnelles zum Essen, denn er wird keine Pause machen. Er wird so lange dort unten an dem Steinblock stehen, bis sein Werk vollendet ist. Dann fällt er in ein Loch, ist über Tage hinweg nicht ansprechbar, bis eine neue Idee in ihm entsteht. Ich kenne ihn so gut, und in vielen Dingen ist er so berechenbar.

Mit meinem Kaffee in der Hand trete ich auf die Galerie und schaue hinunter. Peck regt sich, streicht sich die Haare aus der Stirn, blinzelt in das helle Sonnenlicht, und mein Herz schlägt schneller. Nur wenige kennen den Menschen hinter dem Künstler, den Privatmann hinter der öffentlichen Person. Kaum jemand erlebt ihn so, während seines Schaffensprozesses. Kaum jemanden lässt er so nah an sich heran. Warum mich? Weil er mir vertraut. Weil ich immer für ihn da bin. Weil ich nie irgendetwas von ihm verlange. Auch nicht, dass er mich so liebt wie ich ihn. Ich liebe seine Hingabe, seine Leidenschaft, seine Energie, aber auch all seine Fehler. Seine Blindheit. Seine Fixierung. Und so spüle ich einen weiteren Kloß meine Kehle herunter und schweige, während Peck mich nicht sieht.

Drei Tage lang verlässt er das Atelier nicht. Ich telefoniere mit den Bradleys. Sie holen das Bild aus der Galerie, und ich baue mit Viv zusammen die Ausstellung ab.

Drei Tage, in denen Peck kaum isst, sich nur mit Mühe etwas Flüssigkeit einflößen lässt. Von einer Dusche wollen wir gar nicht reden.

In dieser Zeit wandelt sich der schneeweiße Block zu einer halb liegenden, halb sitzenden, drapierten Gestalt, die Ellbogen aufgestützt, den Kopf in den Nacken gelegt, den Blick gen Himmel gerichtet. Sie ist wunderschön. Sie ist perfekt. Sie ist mein Ebenbild, und wenn ich sie ansehe, so fühle ich mich, als würde ich in einen Spiegel schauen, aus dem mich mein eigenes, unbewegtes, schneeweißes Gesicht anblickt.

In dieser Nacht wecken mich ein Donnern und ein Schrei. Ich stürze die Treppe hinunter, bin noch gar nicht richtig wach, bevor ich realisiere, was geschehen ist.

Peck ist fertig.

Er hat seine Werkzeuge von sich geworfen. Die Lederschürze liegt am Boden, und er selbst halb über seinem Meisterwerk. Seinen Kopf bettet er auf den Bauch dieses perfekten Wesens, und ich höre seine Stimme: »Ich habe dich geschaffen. Du gehörst zu mir. Du wirst mich nicht verlassen.«

»Sie ist nur ein Ding«, will ich schreien. »Nur ein Abbild! Sie kann dich nicht hören. Sie kann nicht zu dir sprechen. Aber ich bin hier. Warum siehst du mich nicht?«

Doch wie immer sage ich nichts. Wie immer schweige ich, bleibe die treue Begleiterin in den Schatten.

Ich schlafe lang am nächsten Tag. Möglicherweise habe ich in der Nacht in mein Kissen geweint, bis ich vor Erschöpfung eingeschlafen bin.

Als ich endlich aufstehe, finde ich die Werkstatt aufgeräumt vor. Alle Werkzeuge hängen an ihren Plätzen, der Boden ist sorgfältig gefegt, die Splitter des Carrara-Marmors liegen in einem großen Kübel.

Pecks Haare sind noch nass vom Duschen, als er die Treppe zum Atelier heruntersteigt.

»Ich werde sie Lilith nennen«, verkündet er, und Stolz über sein Werk spricht aus jeder Faser seines Wesens.

Galatea, denke ich und beiße mir auf die Unterlippe. Du solltest sie Galatea nennen, schließlich ist sie mein Ebenbild. Nun, fast. Durch die reine Weiße des Marmors wirkt die Statue wie überweltlich. Und Peck hat etwas geschönt. Und doch erkenne ich mich in der Figur wieder.

»Und ich habe bereits mit Will gesprochen.« Seine Finger gleiten entlang der Oberschenkel der Statue, ihren Bauch, die Brüste. »Wir werden sie in das Zentrum einer eigenen Ausstellung setzen.« Sein Daumen streicht über ihre Lippen, und mein ganzer Körper prickelt, sehnt sich nach der Berührung. Oh, wäre nur ich es, die dort sitzt und nicht dieses ... Ding aus Stein.

»Ich kümmere mich um die Details«, erwidere ich und flüchte mich in meine Professionalität. »Wir erstellen einen Plan und legen ihn dir dann vor.«

Er nickt, doch er hört mich nicht. Seine Augen fixieren nur die Statue.

William Blake hat noch nie die Katze im Sack gekauft, und so besteht er darauf, die neue Statue persönlich in Augenschein zu nehmen. Ich vereinbare einen Termin, erarbeite ein Konzept, das Peck sich flüchtig anschauen und absegnen wird. Wie immer. Er schafft Kunst. Für ihre Präsentation, für den Verkauf und die Vermarktung hat er mich. Also knie ich mich in die Arbeit, schließlich haben wir einen Ruf zu verlieren, und gebe mich der – vergeblichen – Hoffnung hin, dass mich die Planung von diesem Stück Stein dort unten im Atelier ablenkt.

Am Nachmittag drucke ich das Ausstellungskonzept und den Finanzplan aus, um ihn Blake gleich in die Hand zu geben. Genau wie Peck wird er nur einen kurzen Blick drauf werfen und einverstanden sein. Er besitzt genug Geld und weiß, dass es in Pecks Kunst gut angelegt ist. Ich stecke mir die Haare hoch, werfe mich in das Business-Kostüm, das meine Fassade ist, hinter der ich mich verstecken kann.

»Peck!« Blakes Willkommensruf lockt mich aus dem Büro. Ich schnappe die Unterlagen, schiebe sie in eine Hülle und eile die Treppe hinunter ins Atelier. Die Männer schütteln sich enthusiastisch die Hände, klopfen sich auf die Schultern, aber Blake späht immer wieder um Peck herum, zu der von einem Tuch verhüllten Statue.

Ich halte mich im Hintergrund, bis die beiden ihr Begrüßungsritual abgeschlossen haben, und übergebe Blake die Unterlagen. Er streift sie nur mit einem Blick, genau wie mich, dann wandern sie in seine Tasche.

»Nun zeig schon her«, fordert er Peck auf. »Du hast es ja spannend gemacht.«

Theatralisch greift Peck nach einem Zipfel des Tuches und zieht es beiseite. »Et voilà! Mein Meisterwerk.«

Blake verschränkt die Hände hinter dem Rücken und schreitet einmal um die Statue herum, dann schaut er mit einer hochgezogenen Augenbraue zu Peck. »Hübsch.«

»Hübsch? Sie ist perfekt! Sie ist ein Meisterwerk. Sie ist das Beste, was ich je geschaffen habe.«

Blake bleibt hinter der Statue stehen und legt ihr eine Hand auf die Schulter. Mich schaudert unter seinem Griff, und ich senke den Blick.

»Ich muss zugeben«, das Geräusch von Blakes Fingern auf dem Stein lässt mir eine Gänsehaut über den Rücken fahren, »dass du die Struktur von Haut und Haaren ganz gut hinbekommen hast. Auch dieser ätherische Gesichtsausdruck, die in die Unendlichkeit gerichteten Augen. Durchaus annehmbar.«

»Annehmbar?« Schritte auf den Dielen des Ateliers, dann spüre ich Pecks Hand auf meiner Wange. Nein. Nein! Die Statue, es ist die Statue, die er berührt. Ich straffe die Schultern, hebe meinen Blick und schaue zu den beiden Männern hinüber. Blake grinst über Pecks Aufgebrachtheit.

»Sie ist mehr als annehmbar, und das weißt du genau, Will. Sie ist die perfekte Frau, und würde es irgendwelche Götter geben, die wohlwollend auf mich herabschauen, dann würden sie sie lebendig werden lassen und an meine Seite stellen.«

»Hab schon gehört, dass Janet dich abserviert hat. Scheint dich ja schwer getroffen zu haben, wenn du dein Herz nun an eine Frau aus Stein vergibst.«

»Die mich wenigstens nicht im Stich lässt.«

Ich fixiere die Werkzeuge, die gegenüber eins neben dem anderen an der Wand hängen. Fäustel und Eisen verschiedener Größen. Feilen und Sandpapier für den Feinschliff.

Blake klopft Peck freundschaftlich auf die Schulter. »Das biegen wir schon wieder hin. Komm, wir drehen eine Runde. Ich lad dich ein, wir sprechen über Janet und die Frauen und über die Ausstellung. Ich erwarte keinen Widerspruch deinerseits.«

Erwartungsgemäß kommt der auch nicht, und kurz darauf sind die beiden Männer verschwunden. Peck wird gut abgefüllt und nicht vor den frühen Morgenstunden zurückkehren. Zeit genug, mich mit Blakes Büro in Verbindung zu setzen und mit seinem Assistenten die Details der nächsten Ausstellung abzuklären. Denn Blake und Peck werden sicher über vieles sprechen, aber nicht über Verträge und Finanzen.

»Es liegt an dir, weißt du?«

Überrascht fahre ich herum und starre auf die Frau, die im Gras vor mir sitzt. Lange, rotbraune Locken ringeln sich über ihre dunklen Schultern, das helle, fast durchscheinende Gewand bildet einen starken Kontrast zu ihrer Haut.

Gras? Ich stehe in einer Blumenwiese, die sich bis in die Unendlichkeit zu erstrecken scheint und über der sich ein perfekter blauer Himmel spannt, an dem einige weiß getupfte Wolken ziehen.

»Ähm, bitte?« Mehr fällt mir auf die Schnelle nicht ein.

»Was erwartest du eigentlich? Dass er sich plötzlich zu dir umdreht und sagt: Galatea, ich liebe dich?«

Meine Füße sind nackt, und unter den Sohlen habe ich einige der Blumen zerdrückt, die einen betörenden Duft verströmen, der mich ganz benommen macht.

»Ähm«, wiederhole ich, und die Frau vor mir schüttelt nachsichtig den Kopf.

Mit einer graziösen Bewegung erhebt sie sich und tätschelt mir die Wange. »Du musst dein Schicksal schon selbst in die Hand nehmen. Einfach abzuwarten hat noch nie jemandem etwas gebracht und schon gar kein Liebesglück.«

Mit dem Handrücken fahre ich mir über die Stirn. »Also, ich …«

Ein strahlendes Lächeln breitet sich auf dem Gesicht der Frau aus. »Du wirst wissen, was du zu tun hast.«

Als ich die Augen aufschlage, umgibt mich Dunkelheit, und mein Nacken schmerzt. Ich muss am Schreibtisch eingeschlafen sein, die Tabelle mit den Bilanzen ist das Letzte, an das ich mich erinnere.

Nein. Da ist noch mehr. Der Duft süßer Blüten hüllt mich ein, und plötzlich weiß ich, was ich zu tun habe. Ich klappe den Laptop zu und husche auf bloßen Füßen die Treppe hinunter ins Atelier. Licht ist überflüssig, der Schein des Mondes durch die hohen Fenster genügt mir vollauf.

Der Fäustel ist zu klein. Ich brauche etwas Größeres. So greife ich nach dem Vorschlaghammer, der neben der Werkbank steht, und schleppe ihn zur Statue. Mit einem Ruck ziehe ich das große Tuch beiseite, lasse es achtlos auf den Boden fallen und schließe beide Hände um das glatte Holz des Hammerstieles. Mit Schwung hebe ich den Hammer hoch über den Kopf und lasse ihn mit Wucht auf den hellen Stein niedersausen. Der Schädel der Statue zersplittert in tausend Stücke, und hinter meiner Stirn explodiert der Schmerz. Doch jetzt habe ich begonnen und kann nicht aufhören. Wieder und wieder schmettere ich den Hammer auf den unbezahlbaren Carrara-Marmor, bis meine Arme zittern und ich inmitten von faustgroßen Gesteinsbrocken stehe. Von der Statue ist nichts mehr übrig, und ich bin in Schweiß gebadet.

In heißen Rinnsalen strömen mir die Tränen über die Wangen, ich schluchze, beiße mir die Lippe blutig. Was habe ich getan? Voller Entsetzen starre ich auf die Bruchstücke zu meinen Füßen. Ich habe Pecks Meisterwerk zerstört. Langsam sinke ich zwischen den Trümmern auf die Knie. Das wird er mir nie verzeihen. Er schickt mich weg. Ich sehe ihn nie wieder. Ich habe nicht nur die Statue zerstört, sondern auch mein Leben.

Mit zitternden Fingern greife ich nach dem Tuch, das die Gestalt verhüllt hat, ziehe es über meinen Körper und rolle mich auf dem Boden des Ateliers zusammen. Es stört mich nicht, dass sich die Steinsplitter in meine Haut bohren. Im Gegenteil, ich heiße den Schmerz willkommen. Es sind die Splitter meines zerbrochenen Herzens.

Das Geräusch von Schritten weckt mich aus unruhigem Dämmerschlaf. Ich hebe den Kopf. Vor mir in der Dunkelheit steht eine vertraute Silhouette. Peck. Er ist zurück.

Im Licht des Mondes funkeln seine Augen wie ein Paar Sterne. Er starrt mich an, starrt auf die Splitter und Steinbrocken, die den Boden des Ateliers bedecken. Dann öffnet er den Mund, um mein Schicksal zu besiegeln.

»Es ist geschehen«, haucht er und ein kleines, ungläubiges Lachen entringt sich seiner Kehle. »Die Götter haben meine Bitten erhört und dir das Leben geschenkt.« Peck macht noch einige Schritte auf mich zu, dann kniet er sich hin, streckt die Arme nach mir aus und zieht mich zu sich.

»Ich habe alles zerstört«, will ich sagen, aber wieder stecken all die ungesagten Worte in meiner Kehle, und ich bleibe stumm.

»Du bist hier«, flüstert Peck, und seine Finger streichen durch mein wirres Haar, über meine brennenden Wangen, und dann fährt er mit dem Daumen meine Lippen entlang. Mein Herz rast, und ich habe das Gefühl, keine Luft mehr zu bekommen. Peck beugt sich weiter vor, bis unsere Gesichter nur noch Zentimeter voneinander entfernt sind. Dann finden sich unsere Lippen in einem Kuss, der alles ist, wovon ich immer geträumt habe.

Aber ein Traum ist nur ein Traum und nicht ich bin es, die von Peck geküsst wird, sondern seine verdammte Statue. Außerdem ist er nicht Herr über seine Sinne. Ich rieche den Alkohol in seinem Atem, wie zu erwarten war nach der Tour mit Blake.

Sanft schiebe ich ihn von mir weg. »Du bist betrunken und gehörst ins Bett.« Ich krabbele unter dem Tuch hervor und helfe ihm hoch.

Er schwankt und stützt sich schwer auf meine Schulter. »Aber …«, versucht er zu widersprechen.

»Kein aber. Ich bringe dich hoch, und morgen früh wirst du dich an nichts erinnern. Peck, ich kenn dich doch. Komm schon.«

Ich schiebe mich unter seinen Arm, umfasse seine Taille und dirigiere ihn zur Treppe. Manchmal wünschte ich, sein Schlafzimmer wäre im Erdgeschoss.

»Aber, Gal, ich … die Statue …« Er versucht, sich umzudrehen, und wir geraten beide ins Taumeln. Nur mühsam halte ich das Gleichgewicht.

»Darüber reden wir, wenn du wieder klar im Kopf bist. Auf ins Bett mit dir.«

Natürlich hätte ich aufräumen und alle Spuren der Zerstörung beseitigen können. Doch was hätte es gebracht? Nichts. Die Statue besteht nur noch aus Bruchstücken, und keine Macht der Welt wird sie wieder zusammenfügen.

Peck lehnt an der Balustrade der Galerie und schaut auf das Chaos im Atelier hinunter. Stumm trinkt er seinen Kaffee. Seit er gegen Mittag aufgestanden ist, hat noch kein Wort seine Lippen verlassen, und auch ich habe nichts gesagt.

Jetzt nimmt er seine Tasse und wirft sie in hohem Bogen hinunter, sodass sie auf dem Boden des Ateliers zerschellt. Peck dreht sich zu mir um, und das erste Mal, das allererste Mal, seit wir uns kennen, sieht er mich.

»Warum, Gal?«

Du wirst wissen, was du zu tun hast.

»Weil du dir kein Abbild einer Frau schaffen musst, wenn alles, was du dir wünschst, längst an deiner Seite ist. Du musst nur die Augen öffnen.« Plötzlich löst sich der Kloß ungesagter Worte in mir, und alles, was ich immer zurückgehalten habe, sprudelt aus mir heraus.

Peck schaut mich an und schüttelt den Kopf. »Du bist doch sonst nicht auf den Mund gefallen, Gal. Warum hast du denn nicht einfach etwas gesagt?«

»Weil ...«, setze ich an, doch mir fällt nichts ein. »Vielleicht ...«, starte ich einen weiteren Versuch.

Peck grinst, und ich spüre, wie auch meine Mundwinkel zucken. »Nun, du hast auf jeden Fall deine Taten für dich sprechen lassen. Hast du auch eine Idee, wie wir das Ganze Blake erklären?«

Meine Taten, ja? »Nenn es Liliths Befreiung. Wir arrangieren die Steinbrocken, hängen ein paar Bilder dazu, und alle Leute werden dich anbeten.«

»Gal ...«, ein lautes Lachen bricht sich Bahn aus seiner Brust, und Peck zieht mich zu sich. »Du bist unglaublich.«

Und dieser Kuss ist die Erfüllung all meiner Träume, denn jetzt gilt er nur mir allein.

Aimée M. Ziegler-Kraska

Meine Braut

für AFP

Sie war das Schönste, was er je erblickt hatte
Jeden Tag ging er, um sie im Schlosspark zu sehen
Für Stunden stand sie völlig still, bewegte sich kein Stück
Manchmal, wenn er Geld hinlegte, glaubte er, sie zwinkern zu sehen
Aber es könnte nur ein Spiel des Lichts auf ihrer bronzenen Haut
                                          gewesen sein

Er versteckte sich hinter den Bäumen, beobachtete sie aus der Ferne
Wollte nichts sehnlicher, als ihr Haar zu zerzausen
Sie in eine heiße Wanne zu legen und die Farbe von ihrer Haut zu
                                          schrubben
Bis sie unter seinen Fingern weich und fleischig würde

Als der Winter kam, brachte er ihr eine Tasse heiße Schokolade
Nur um festzustellen, dass ihr Herz die ganze Zeit
Von Stein gewesen war.

Claudia Windirsch

Du und ich

Schwarz und Weiß
Spiel eröffnet Blitzschlag
en passant zwei Schritte von dir einer
von mir dein Springer schräg
übers Hindernis mein Läufer
in wachsamer Position deine Attacke auf
die Dame meine Ablenkung
mit einem Bauern dein Turm
bei mir eine kleine Rochade
mit dem König Nahkampf
auf dem Feld rasend
das Herz ergibt es sich?
bebendes Spielfeld liegende
Figuren als dein Turm gefallen ist
schwarzer König neben weißer Dame
matt

Marie Wilhelmsen

Über den Wolken

»Mama, ich denke, wir sollten uns auf den Weg machen.«

Emily sieht auf die Uhr, nur noch gut drei Stunden bis zu ihrem Nachtflug nach München. Viktoria hat recht, sie müssen los und ihr Herz wird zentnerschwer. Die zwei Wochen bei ihrer Tochter hier in Boston sind wie im Rausch vergangen. So lange hat sie sich auf diese Zeit gefreut, dass sie jetzt kaum glauben kann, dass sie vorbei ist. Herrliche Wochen sind es gewesen: Bei zahlreichen Ausflügen mit Viktoria und ihren Freunden lernte sie die Stadt und das Umland kennen, es gab Barbecues, sie besuchten sogar ein Baseballspiel. Jetzt, da Emily all das erlebt hat, kann sie ihre Tochter verstehen, hier hätte sie auch leben mögen – zumindest für eine Weile.

Je näher sie dem Flughafen kommen, desto schweigsamer wird Emily. Nicht mehr lange, dann steht der Herbst vor der Tür, bald danach der Winter, der sechste ohne Viktoria. Ihr graut vor einsamen Abenden und Wochenenden, die sie arbeitend im Büro verbringt, damit ihr daheim nicht die Decke auf den Kopf fällt. Der Kloß in ihrem Hals wird immer dicker und sie hofft inständig, später nicht in Tränen auszubrechen – sie hasst Abschiede!

Der Koffer ist aufgegeben, die Zeit reicht noch für einen schnellen Kaffee, dann gehen sie zur Sicherheitskontrolle. Sie umarmen sich ein letztes Mal. Emily will sich schon umdrehen und davongehen, da hält Viktoria sie fest: »Weißt du was, Mama, zu Weihnachten besuche ich dich in München!« Emily ist sprachlos. Tränen schießen ihr in die Augen, sie fällt ihrer Tochter um den Hals, weiß vor lauter Freude nicht, wohin mit sich.

»Mama, dein Flug«, erinnert Viktoria sie lächelnd.

Durch das kleine Fenster der Maschine betrachtet Emily das Lichtermeer des Bostoner Flughafens, da bemerkt sie, wie jemand neben ihr Platz nimmt. Sie dreht den Kopf und sieht in das lächelnde Gesicht eines gutaussehenden Mannes.

»Guten Abend, mein Name ist Leon Baxter.«

Emily ist angenehm überrascht über so viel Höflichkeit und stellt sich ihrerseits vor. Sie nicken sich zu und während die Maschine auf ihre Startposition rollt, kommen sie ins Gespräch. Leon Baxter erzählt, dass er eigentlich in New York lebe, aus beruflichen Gründen in Boston gewesen sei, nun in München zu tun habe und dort eine Woche bleiben werde. Kurz und ohne ins Detail zu gehen, berichtet Emily vom Besuch bei ihrer Tochter, erwähnt, dass sie in München lebe und auch dort arbeite. Das Flugzeug startet und als sie ihre Reisehöhe erreicht haben, wird das Abendessen serviert, anschließend lädt Leon Emily noch auf einen Drink ein. Sie sprechen über Boston und über München, darüber, was die beiden Städte unterscheidet und was sie verbindet. Leon Baxters Deutsch ist hervorragend. Das, so erklärt er, liege daran, dass seine Großmutter aus Deutschland gebürtig sei und er außerdem häufig in München zu tun habe. So vergeht die Zeit. An Bord wird es allmählich ruhiger, die meisten Passagiere haben es sich bequem gemacht, sie schlafen der Landung in München entgegen. Emilys letzter Gedanke gilt Viktoria und ihrem Besuch in wenigen Monaten, dann fallen auch ihr die Augen zu.

Ihre Welt ist von stetem Brummen erfüllt. Dann weiß sie's wieder, sie sitzt in einem Flugzeug. Weitere Geräusche dringen an Emilys Ohr, die anderen Passagiere erwachen wohl auch gerade. Nach einer Nacht im Flugzeugsitz hat sie das Bedürfnis, sich ausgiebig zu strecken und ihre Schultern zu lockern. Trotz der räumlichen Enge gelingt das zunächst recht gut, aber etwas stimmt nicht mit ihrer linken Hand. Zwischen den Sitzen eingeklemmt, denkt sie, aber ganz warm.

Dann sieht sie es: Leon Baxters Finger und ihre sind fest ineinander verschlungen.

Abrupt richtet Emily sich in ihrem Sitz auf und will die Hand zurückziehen, doch der Griff verstärkt sich. Ein Reflex vermutlich, Leon schlägt gerade erst die Augen auf. Zuerst scheint er ähnlich überrascht wie sie, doch anstatt loszulassen, streicht er mit dem Daumen leicht über ihren Handrücken und lächelt sie dabei an. Schlagartig überzieht Gänsehaut ihren Körper und sie kann nur knapp ein Seufzen unterdrücken.

»Wie schön, so aufzuwachen«, flüstert er, hebt Emilys Hand an seinen Mund und küsst sie zärtlich. Zu erstaunt, um etwas sagen zu können, beobachtet sie sein Tun, spürt, wie ein Lächeln ihr Gesicht überzieht und sie gleichzeitig rot wird.

Der Bordlautsprecher knistert. Sie kehren in die Wirklichkeit zurück und hören die Routinedurchsage des Piloten: im Anflug auf München, sonniges und warmes Wetter, das Übliche eben.

Leon steht neben Emily am Gepäckband. Er ist schlank und einen Kopf größer als sie. Unter dem mittlerweile leicht verknitterten Hemd zeichnen sich muskulöse Arme und Schultern ab – nicht schlecht, und einen Ehering trägt er auch nicht!

Während sie auf die Koffer warten, lädt er Emily zum Frühstück ins Airbräu ein. Die Einladung klingt verlockend, nicht nur, weil sie hungrig ist, sondern auch neugierig auf diesen Mann. Es kommt schließlich nicht alle Tage vor, dass sie mit jemanden Händchen hält, den sie kaum kennt. Genau genommen hält sie mit niemanden Händchen, in ihrem Leben gibt es gar keinen Mann, mit dem sie das tun könnte. Also nimmt sie seine Einladung an und er strahlt.

»Ich liebe Weißwürste«, schwärmt Leon. »Können wir sie bestellen oder ist es dafür noch zu früh?« Er lässt die Speisekarte sinken und sieht Emily fragend an. Ihre Armbanduhr zeigt ein Viertel nach neun, sie nickt. »Das ist eine gute Idee, die nehme ich auch.«

Auf dem Tisch liegen Flyer. Sie kündigen einen bayerischen Kabarettabend an und erregen Leons Interesse. Er nimmt ein Blatt in die Hand und liest laut vor, was darauf gedruckt ist. Emily gibt seine Konzentration auf den Text Gelegenheit, ihn eingehender zu betrachten.

Das kurz geschnittene Haar ist grau meliert, dicht und fest liegt es um einen kräftigen Schädel. Sein ovales Gesicht ist braun gebrannt, lustige Lachfältchen umrahmen dunkle Augen. Zwei markante Falten, die sich von der Nase aus um den Mund ziehen, geben ihm einen wachsamen Ausdruck. Über den Tisch ziehen lässt sich dieser Mann so leicht nicht.

»Gefalle ich dir?« Seine Stimme reißt Emily aus ihren Betrachtungen. Ihr wird heiß, sie ringt sich ein Lächeln ab, das vermutlich schief gerät.

»Ja ... äh, schon«, stammelt sie und registriert erst jetzt, dass er wie selbstverständlich zum Du übergegangen ist.

»Du mir auch«, raunt er, streicht leicht über den Rücken ihrer Hand und wirft ihr einen Blick zu, in dem sie hätte versinken mögen.

Die Terrine mit den Weißwürsten wird serviert, der besondere Augenblick ist vorüber. Emily weiß nicht, ob sie froh darüber ist oder ob sie es bedauert. Sie denkt auch nicht weiter darüber nach, zu verlockend ist der Duft der Würste, zu appetitanregend die frischen Brezen im Korb auf dem Tisch.

»Ein wahrer Genuss!«, schwärmt Leon, als er Messer und Gabel aus der Hand legt. Emily nickt lächelnd und schluckt den letzten Bissen hinunter.

»Wenn ich in München bin, wohne ich im Bayerischen Hof. Sie haben ein ganz hervorragendes Restaurant mit einer Terrasse über den Dächern der Stadt. Was meinst du, wollen wir dort gemeinsam zu Abend essen?«

Erleichterung und Freude durchzucken Emily, gleichzeitig wird ihr bewusst, wie sehr sie es bedauert hätte, sich hier und jetzt endgültig von Leon verabschieden zu müssen.

Kurz darauf reicht Leon Emily die Hand zum Abschied. »Bis heute Abend. Komm gut nach Hause.«

»Mach ich«, nickt sie lächelnd, »und dir viel Erfolg bei deinem Termin.«

Den Griff des Trolleys fest in der Hand, ist Emily schon auf dem Weg Richtung S-Bahn, da ruft Leon sie zurück:

»Emily, ich freue mich sehr auf später.«

»Ich mich auch.«

Kaum ist sie daheim, spürt sie eine Welle ganz unerwarteter Wiedersehensfreude. Zusammen mit dem Gedanken an Viktorias Besuch zu Weihnachten wird der Trennungsschmerz erträglich. Sie tritt ins Haus, atmet den vertrauten Geruch und hat fürs Erste nur den einen Wunsch: ab unter die Dusche. Seit gestern steckt sie in den gleichen Kleidern, in der S-Bahn war es stickig und das Taxi, das sie das letzte Stück des Wegs nach Hause gebracht hat, glich einem Backofen. Rasch wirft sie einen Blick in die Runde, alles ist in bester Ordnung. Auf Frau Hoffmann, die in ihrem Haushalt das Regiment führt, ist Verlass. Aus dem Fenster des Schlafzimmers sieht sie hinunter in den blühenden Garten. Wie schön die Farben sind und wie sie strahlen!

Lauwarm rinnt das Wasser über ihren Körper. Emily streckt sich, hebt ihr Gesicht empor und genießt das Prasseln auf der Haut. Wie warme Sonnenstrahlen hat sie Leons Blicke gespürt, als sie von ihm weg zur S-Bahn ging. Auch jetzt scheint er sehr nah, beinahe so, als hielte er immer noch ihre Hand, wie heute Morgen beim Aufwachen im Flugzeug. Wie es dazu kam, weiß sie nach wie vor nicht und auch Leon schien keine Erklärung zu haben. Im Gegenteil, er war mindestens so überrascht wie sie selber. Während Emily noch überlegt, ob es ein Fingerzeig des Schicksals gewesen sein könnte, meint sie, den Duft von Leons Aftershave zu riechen, atmet ihn tief ein und fühlt sich beschwingt wie lange nicht mehr. Wie es wohl wäre, in seinen Armen zu liegen?

Bei Viktoria meldet sich nur die Mailbox. Dass sie gut angekommen ist, hinterlässt Emily und nochmals Danke für die wunderbare

Zeit. Dann wird alles, was nicht gewaschen oder in die Reinigung gebracht werden muss, an seinen Platz geräumt, der Koffer im Keller verstaut. Der Kühlschrank ist quasi leer, gut, dass der Supermarkt zwei Straßen weiter auch am Samstagnachmittag geöffnet hat. Kaum hat sie sich auf den Weg gemacht, klingelt ihr Handy – Christina, ihre Freundin seit dem Kindergarten. Sie wollte einfach mal sehen, ob Emily schon zurück sei. Außerdem sei sie in der Nähe, und wenn Emily Lust auf Kuchen und ein Stündchen Zeit habe, könne sie in einer halben Stunde bei ihr sein.

»Der Urlaub hat dir jedenfalls gut getan! Du strahlst ja richtig!« Christina lehnt sich in ihrem Sessel zurück und betrachtet Emily eingehend. Sie ist eine gute Beobachterin, kennt sie lange und diese Art von Blick geht meistens sehr tief.

»Du hast mir nicht zufällig verschwiegen, dass du dem Mann deiner Träume begegnet bist?«

»Ich ... wie kommst du denn darauf?«

»Weil du nicht so geknickt bist, wie du sein solltest, jetzt, nachdem deine Zeit mit Viktoria schon wieder Geschichte ist!«

»Sie kommt doch an Weihnachten, das tröstet mich.«

»Und sonst ist da nichts?«

Christina hat Lunte gerochen, wie auch immer das zugegangen ist. Emily weiß, sie gibt keine Ruhe, bis sie nicht die ganze Geschichte kennt. Das Beste ist, sie erzählt sie ihr gleich.

»Das muss ja ein ganz besonderer Kerl sein! Ich weiß gar nicht, wann du das letzte Mal so von einem Mann eingenommen warst.«

»Nun übertreib nicht. Er ist nett, kultiviert, das schon, aber er lebt in New York, auch nicht gleich um die Ecke.«

»Sag ich's doch! Da ist mehr, sonst könnte dir das ja egal sein.«

Christina grinst triumphierend, und Emily seufzt innerlich:

New York ist schon verdammt weit weg von München!

Sie dreht sich vor dem Spiegel in der Diele und ist zufrieden. Das leuchtende Blau des Etuikleides bringt Emilys Figur gut zur Geltung und bildet einen lebhaften Kontrast zum Mittelblond ihres Haares. Arme und Beine sind immer noch wohlgeformt, die paar Fältchen in ihrem Gesicht nehmen ihr nichts von ihrer jugendlichen Ausstrahlung. Durch das Fenster neben der Eingangstür sieht sie das Taxi vorfahren, nimmt Tasche und Schlüssel und geht hinaus.

Punkt sieben betritt Emily die Halle des Bayerischen Hofs. Leon wartet bereits auf sie und ihr Herz macht einen Freudensprung. Sogleich eilt er herbei, nimmt sie in seine Arme, küsst sie auf beide Wangen. Innerlich zitternd, doch nach außen hin ganz ruhig, erwidert Emily seine Umarmung. Wie anregend, ihm so nah zu sein, und wie schade, dass es nur einen kleinen Moment dauert!

Oben auf der Dachterrasse ist ein Tisch für sie reserviert. Sie nehmen den Aufzug und treten in einen Abend wie aus dem Bilderbuch. Der Himmel spannt sich blau über die Stadt, wie zum Greifen nah erhebt sich die Frauenkirche mit ihren gewaltigen Türmen über den umliegenden Dächern. Rechts davon streben die Türme vom Rathaus und dem Alten Peter in den Himmel. Im Schleier des Abenddunstes zieht sich weit hinten im Süden die Kette der Alpen über den Horizont. Vielleicht ist es aber auch nur eine Wolkenbank.

Das Essen ist köstlich und sie stellen fest, dass sie so etwas wie Kollegen sind – Dienstleister im IT-Bereich nämlich. Allerdings arbeitet Emilys Firma für kleine bis mittelständische Unternehmen in der hiesigen Region. Leon hingegen ist ausschließlich für weltweit agierende Gesellschaften tätig.

Er erzählt von seiner Kindheit auf einem Bauernhof im Mittleren Westen, von seinem Weg an die Universität von Minnesota, von harter Arbeit und dem Quäntchen Glück, das ihm geholfen habe, dorthin zu kommen, wo er heute sei.

Auch Emily spricht über ihre Kindheit in einer Kleinstadt nahe München, von einer Schwester, die in Italien verheiratet sei und dass sie einst Volkswirtschaft studiert, das Studium aber nicht abgeschlossen habe.

»Warum nicht?«, möchte Leon wissen.

»Weil ich mit Viktoria schwanger wurde, Max, den Vater meines Kindes, heiratete und wir dann gemeinsam die Firma aufbauten.«

»Was ist mit Max?«

»Er ist vor drei Jahren gestorben.«

»Oh, das tut mir leid.« Leon wirkt erschrocken, doch Emily beruhigt ihn.

»Damals waren wir schon geschieden. Es ist zwar immer schlimm, wenn jemand stirbt, aber so unmittelbar hat mich das nicht mehr betroffen.« Von Max' Eskapaden und wie er sie damit verletzt hat, sagt sie nichts.

Eine Weile schweigen sie, dann beginnt Leon zu sprechen:

»Ich war auch viele Jahre verheiratet mit einer Französin aus Lyon, Lucille hieß sie. Wir hatten uns Hals über Kopf ineinander verliebt, sie kam mit mir nach New York, wir heirateten, erst wurde unser Sohn, kurz darauf unsere Tochter geboren. Wir hatten viele schöne Jahre zusammen.«

Leon sieht in die Dunkelheit. Schwang da gerade Sehnsucht in seiner Stimme mit? Emily kann es nicht sicher sagen, und doch spürt sie ein seltsam eifersüchtiges Ziehen im Herzen. »Als die Kinder dann aber flügge wurden«, fährt Leon in eindeutig sachlicher Manier fort, »fühlte Lucille sich wohl einsam und bekam Heimweh. Immer häufiger reiste sie nach Frankreich, blieb immer länger dort und äußerte schließlich den Wunsch, ganz in Lyon zu leben. In der Hoffnung, die Ehe retten zu können, stimmte ich dieser Fernbeziehung zu.«

»Und, hat es funktioniert?«

Emily hält den Atem an.

»Nein, nach gut einem Jahr haben wir uns dann endgültig getrennt, und seit vier Jahren sind wir geschieden.«

»Und jetzt? Hast du wieder eine feste Beziehung?«

»Nein. Es gab ein paar Begegnungen, aber es war nichts von Dauer, nichts, das mich gefesselt hätte. Wie ist das bei dir?«

»Ganz ähnlich«.

Leon nickt, nimmt Emilys Hände in seine und sieht ihr in die Augen: »Dann sind wir also beide frei, zu tun, was wir möchten.«

»Ja.« Emilys Stimme ist heiser, sie sieht Leons verhaltenes Lächeln, fragt sich, wem es gilt, Lucille und dem vergangenen Glück oder ihr und dem, was vielleicht sein könnte.

»Auf uns!« Leon erhebt sein Glas, voller Zärtlichkeit ruht sein Blick auf ihr.

»Auf uns!«, erwidert sie, die Gläser klingen leise, sie trinken ohne die Augen voneinander zu lösen. Sie stellen die Gläser ab, Leon räuspert sich, und nach ein paar Wimpernschlägen, die eine Ewigkeit zu sein scheinen, hört sie ihn fragen: »Sehen wir uns morgen wieder?«

Das ist zwar die Frage, die Emily hören wollte, doch wider jede Vernunft spürt sie neben Freude auch Enttäuschung. Darüber wird sie später nachdenken, erst einmal nickt sie. Sie verabreden sich für den späten Sonntagnachmittag und dann begleitet Leon sie zum Taxistand.

Sie gehen dicht nebeneinander her. Emily ist erleichtert, dass er sie nicht gefragt hat, ob sie über Nacht bei ihm bleiben möchte, gleichzeitig ahnt sie aber, wie sehr er ihr fehlen wird, sobald sie allein ist. Vor dem Taxi bleiben sie stehen, sehen sich an. Emily weiß, es ist Zeit, sich für heute Lebewohl zu sagen, doch Leons Blick hält sie fest. Er strahlt so viel Wärme aus, und da ist eine Kraft, die sie unwiderstehlich zu ihm zieht. Auf einmal ist sie in seinen Armen, seine Lippen auf ihren. Der Kuss will nicht enden, sie können sich kaum voneinander lösen, doch es muss sein. Leon streicht leicht über Emilys Wange, bis morgen, ich freue mich so, und schlaf schön. Dann sitzt sie im Fond des Taxis, weiß nicht genau, wie sie dorthinein gekommen ist, zuckt mit den Schultern, nicht wichtig, Leon hat sie geküsst!

Es kitzelt in ihrer Nase, Emily muss niesen und erwacht. Wenn die Sonne so hoch steht, dass sie direkt in ihr Bett scheint, bedeutet das selbst im Hochsommer, es ist mindestens halb zehn und Zeit zum Aufstehen. Doch eilig hat sie es nicht. Wohlig durchdringt sie die

Erinnerung an Leons Kuss, sie streckt sich und freut sich schon jetzt auf ihr Wiedersehen am Spätnachmittag.

Joggen lässt sie ausfallen, es ist schon zu heiß dafür, stattdessen duscht sie in aller Ruhe, anschließend frühstückt sie gemütlich unter dem Sonnenschirm auf der Terrasse. Wie es wohl wäre, säße Leon neben ihr? Der Gedanke erscheint ihr gar nicht mehr so abwegig. Christina hat recht, er hat sie ziemlich für sich eingenommen.

Wie aber verhält es sich umgekehrt?

Gestern Abend hatte sie einen Moment lang den Eindruck, Leon wolle sie einladen, bei ihm zu bleiben. Sie war erleichtert, als er es dann doch nicht tat, gleichzeitig aber auch enttäuscht. Hat er sie vielleicht nicht gefragt, weil er doch noch an Lucille hängt? Die Ehe mit ihr muss eine ausgesprochen glückliche gewesen sein. Bei dem Gedanken an Leons Ton und Blick, als er von ihr erzählte, spürt Emily wieder diesen eifersüchtigen Stich. Ist es womöglich die Tatsache, dass sie im Falle eines Falles eine Fernbeziehung führen müssten, die ihm zu denken gab? Oder ist es ganz etwas anderes? Seine Feststellung aber, dass sie beide frei sind, tiefe Blicke, ihre Hände in seinen, dazu die knisternde Atmosphäre, der lange Kuss zum Abschied, das alles spricht eine andere Sprache. Emily seufzt. Sie sollte aufhören, jede seiner Regungen auf die Goldwaage zu legen und sich stattdessen freuen, einen Mann wie Leon getroffen zu haben. Sie blickt auf die Blumenpracht in den Gartenbeeten, lächelt, und beschließt, dass es höchste Zeit ist, Max und alles, was mit ihm war, zu vergessen und neu zu beginnen.

»Und danke, mein Schatz, dass du zurückgerufen hast.«

Emily beendet das Gespräch und freut sich, dass Viktoria sich bei ihr gemeldet hat. Sie sind sich immer schon sehr nah gestanden. Dass ihre Tochter einmal andere Wünsche haben könnte, als in München zu studieren und zu leben, ist ihr dennoch nicht in den Sinn gekommen. Als sie sich für Boston als Studienort entschied, war Emily am Boden zerstört. Gesagt hat sie nie etwas, Viktoria sollte unbelastet ihren eigenen Weg finden und ihn gehen. Im Laufe der Jahre hat sie gelernt, mit der Entscheidung ihrer Tochter zu leben. In manchen Momenten aber vermisst sie sie immer noch schmerzlich.

Zum wiederholten Mal blickt Emily aus dem Fenster ihres Büros auf die Uhr am Kirchturm gegenüber. *Noch* zwei Stunden bis zu ihrer Verabredung mit Leon! Die Zeit schleicht heute wie eine Schnecke. Gleich nach dem Mittag ist sie ins Büro gefahren, um sich ein Bild davon zu machen, was sie erwartet, wenn morgen der ganz normale Alltagswahnsinn wieder losgeht. Obgleich Sonntag ist, arbeitet Leon ebenfalls. Er hat einen Termin bei einem internationalen Burgerbrater, dessen nationale Hauptverwaltung sich hier ganz in der Nähe befindet. Sobald er mit seiner Besprechung fertig ist, wird er Emily im Büro abholen. Anschließend soll es hinaus an den Ammersee gehen, den kennt er noch nicht.

Es klingelt – endlich! Emily betätigt den Türöffner, hört eilige Schritte auf der Treppe, und dann steht er vor ihr – Leon, ein wenig außer Atem, aber mit strahlendem Gesicht. Er zögert kurz, sie nickt knapp, dann nimmt er sie fest in seine Arme und küsst sie. Emily schmiegt sich an ihn, es ist, als sei es nie anders gewesen, die Zweifel vom Vormittag sind vergessen. Dann sieht sie ihn an und er räuspert sich. »Zeigst du mir deine Firma?«

»Gerne.«

Die Techniker in der einen, die kaufmännische Abteilung und Emilys Büro in der anderen Etage. Sie gehen von Raum zu Raum und sie freut sich über Leons Interesse. Besonders die eingesetzte Technik hat es ihm angetan, gespannt wartet sie auf einen Kommentar.

»Alles da, was man für die Arbeit braucht, wenn sie Hand und Fuß haben soll«, lautet der schließlich und zustimmend nickend fügt er hinzu: »Neueste Technik, kein Schnickschnack, alles sehr solide.«

Als es Abend wird, sitzen sie in einem Wirtsgarten und sehen zu, wie die Sonne langsam hinter dem Hügelkamm jenseits des Ammersees versinkt. Noch einmal lässt sie die Spitze des Turms vom Marienmünster in Dießen ganz wunderbar erstrahlen, dann ist sie verschwunden. Leon hat den Arm um Emily gelegt, ihr Kopf ruht auf seiner Schulter. Sie ist erfüllt von seiner Gegenwart, in ihr wohlig versunken, gut aufgehoben und sicher. Ewig könnte sie so hier sitzen, nicht reden, nicht denken, nur fühlen. Aber es wird rasch dunkel und kühl. Zeit, hineinzugehen, doch wohin hinein? Soll sie Leon zu sich nach Hause einladen? Sie weiß, wie das enden würde, ist aber nicht sicher, dass sie das will. In ein paar Tagen wird er wieder hinüberfliegen nach New York, und Emily weiß schon jetzt, dass er ihr fehlen wird. Wenn sie noch einen Schritt weiter gehen, wird sie ihn dann nicht noch stärker vermissen? Erst der Abschied von Viktoria, demnächst der von Leon, und zu allem Überfluss steht der Herbst vor der Tür. Emily sieht nebelverhangene Tage, meint Kälte und Einsamkeit zu spüren, und im Hintergrund regen sich die Zweifel vom Vormittag. Der Zauber zerbricht, Niedergeschlagenheit tritt an seine Stelle, und sie hasst sich für ihre destruktiven Gedanken.

»Du bist so still, was liegt dir auf der Seele?«

»Ich ... habe nur so allgemein daran gedacht, dass morgen Montag ist und viel Arbeit auf mich wartet.«

Sie hört, wie sachlich sie klingt, wie zurückweisend, und kann Leons Irritation mit Händen greifen. Sie will etwas sagen, etwas tun, doch was? Ihr fällt nichts ein, schon nimmt Leon seinen Arm von ihr und rückt beiseite. Nur ein kleines Stück, doch genug, dass ihr eiskalt wird.

»Ja, auf mich warten auch einige Termine. Ich gehe rein und zahle, dann machen wir uns auf den Weg.«

Er steht auf und geht davon.

»Prima Emily, du Meisterin im Vergraulen! Jetzt sieh zu, wie du das wieder geradebiegst.«

Ihr ist, als hörte sie Christina sprechen und sie weiß, die Freundin hat recht.

»Soll ich dich bei deinem Büro absetzen?«

Leon ist hinter sie getreten. Sein Ton ist sehr distanziert, und dann *absetzen*.

»Ja, bitte.«

Das war jetzt richtig patzig, sie könnte sich ohrfeigen.

Schweigend gehen sie zu dem Auto, das Leon für die Dauer seines Aufenthalts gemietet hat, steigen ein, die Heimfahrt beginnt. Dank Navi benötigt Leon von Emily keine Lotsendienste. Die Sprachlosigkeit lastet auf ihr, doch was soll sie dagegen tun? Und warum überhaupt sie? Leon war ja auch verdammt schnell bereit, aufzubrechen und sie unterwegs *abzusetzen*. Ist das nur so, weil ihr Ton nicht supernett war? Oder hat sie sich völlig unnötig Gedanken gemacht und er hat tatsächlich kein gesteigertes Interesse an ihr? Warum dann aber die Küsse und die tiefen Blicke? War das alles nur ein gemeines Spiel? Jede Farbe ist aus Emilys Welt gewichen, ihr Herz tut weh. Sie will Leon hassen, aber alles was sie spürt, ist abgrundtiefe Traurigkeit. Ihr graut vor ihrem leeren Haus, und doch will sie nichts lieber, als sich dort verkriechen und ihren Tränen freien Lauf lassen, die sie jetzt schon nur mit Mühe hinunterschlucken kann.

Es ist nicht viel Verkehr, im Handumdrehen sind sie angekommen. Leon sucht einen Parkplatz. Wozu eigentlich? Um sie *abzusetzen*, hätte er auch in zweiter Reihe halten können. Er stellt den Motor aus, dreht sich zu ihr und greift nach ihren Händen. Stocksteif sitzt sie da, doch er lässt sich nicht entmutigen. Seine Berührung ist so unendlich zärtlich, ihr Widerstand bröckelt, über ihr Gesicht laufen erste Tränen.

»Emily, rede mit mir, bitte!«

»Ich ... ach, ich weiß auch nicht! Es ist so eigenartig mit uns. Du ... ich weiß nicht wirklich, was du willst, und es geht alles so schnell und ist so ungewiss und dann«, sie schnappt nach Luft, »dann bist du wieder weit weg und ich bin allein!«

Die Worte brechen aus ihr heraus, sie kann nichts dagegen tun und jetzt fängt sie auch noch richtig an zu heulen.

»Komm, Emily, komm!«

Leon zieht sie in seine Arme und bettet ihren Kopf an seine Brust.

»Und da hast du gedacht, wenn du mich vertreibst, ist alles einfacher?« In seiner Stimme sind ein kleines Lächeln und ganz viel Verstehen.

»Ich weiß nicht, welcher Teufel mich geritten hat«, schnieft Emily, »aber ich wollte dich nicht vertreiben, bestimmt nicht!«

Ein tiefer Seufzer noch, dann kann sie sich ein wenig aufrichten. Ihr Kopf liegt jetzt auf Leons Schulter, sie sieht sein Profil und ihr Herz wird auf einmal ganz leicht. Sie richtet sich auf, nimmt sein Gesicht in beide Hände und küsst ihn. Leon erwidert ihren Kuss mit Hingabe, dabei hält er sie so fest, als wolle er sie niemals mehr loslassen.

»Oh, Emily«, flüstert er, als sie sich dann doch ein wenig voneinander lösen, »für einen Moment habe ich geglaubt, ich hätte dich verloren.«

»Ich auch.«

Wie Ertrinkende klammern sie sich aneinander, küssen sich, können nicht voneinander lassen, für Zweifel ist kein Platz. »Lass uns zu mir fahren, es ist nicht weit.« Wie von selbst kommen die Worte über Emilys Lippen.

»Oh ja! Fährst du voraus und ich folge?«

»Ja. Warte ein paar Minuten, ich hole mein Auto und komme dann her.«

Am liebsten würde sie in die Parkgarage tanzen, so leicht fühlt sie sich. Bei dem Gedanken aber, dass sie Leon um ein Haar vertrieben hätte, wird ihr ganz mulmig. Wie gut, dass er die Übersicht behalten hat und offensichtlich ein Mann ist, der nicht so schnell aufgibt.

Keine zehn Minuten später sind sie angekommen. Leon folgt Emily ins Haus und zieht sie, kaum ist die Tür hinter ihnen ins Schloss gefallen, in seine Arme. Engumschlungen stehen sie da. Es ist wunderbar, ihm so nah zu sein. Alles ist neu und aufregend, aber es ist auch vertraut und so, als sei es nie anders gewesen. Sie küssen sich, taumeln engumschlungen ins Wohnzimmer, sinken auf die Couch. Sie verlieren sich ineinander, erklimmen gemeinsam ungeahnte Höhen, um wie neu geboren nebeneinander zu erwachen.

Leon richtet sich auf und sieht Emily an.

»Es ist noch viel schöner mit dir, als ich es mir je hätte ausmalen können. Emily, ich liebe dich.«

In seiner Stimme schwingt so viel verwunderte Zärtlichkeit, dass Emily ganz flau wird.

»Ich dich auch, und ich bin so froh, dass du da bist.«

»Magst du mir jetzt erzählen, warum du zuvor so still warst?« Vor einer Stunde hätte Emily nicht gewusst, wie sie es fertigbringen sollte, über ihre Zweifel und Ängste zu sprechen. Jetzt fällt es ihr ganz leicht.

»Nein, Emily, ich trauere Lucille nicht mehr nach. Es waren schöne Jahre, aber die sind vorbei. Sie waren es schon, bevor sie nach Frankreich ging, ich habe es wohl nur nicht sehen wollen. Die räumliche Distanz zwischen uns hat die endgültige Trennung vermutlich beschleunigt, aber nicht verursacht.«

Emily sieht Leon an, nickt und schmiegt sich an ihn.

Irgendwann kurz vor Mitternacht überkommt sie Bärenhunger. Rasch kochen sie Pasta, mischen Tomaten und Mozzarella mit Balsamico und Olivenöl darunter, lassen es sich schmecken. Anschließend gehen sie zu Bett, kuscheln sich aneinander und schlafen gemeinsam ein.

»Aufwachen, mein Liebling«, flüstert es nah an Emilys Ohr.

Leon – sie streckt sich, rekelt sich in seinen Armen, blinzelt, erwacht und lächelt ihn an.

»Wie spät?«

»Gleich halb sieben.«

»Oh!«

Emily will pünktlich um acht im Büro sein. Leon hat um neun seinen ersten Termin, muss aber zuvor noch ins Hotel, um sich umzuziehen und seine Unterlagen zu holen. Sie müssen sich beeilen. Rasch springt er in seine Kleider, sie verabreden, später zu telefonieren, ein Kuss noch, dann ist er zur Tür hinaus und Emily geht unter die Dusche.

Die gemeinsame Zeit vergeht wie im Flug und dann sitzt Emily zusammen mit Leon wieder im Airbräu draußen am Flughafen. Sie halten sich bei den Händen, lächeln sich an, sind schon sehr vertraut. Zwischen München und New York liegen Tausende von Meilen, das ist nicht von der Hand zu weisen, doch Emily ist davon überzeugt, dass sie in der Lage sein werden, eine Brücke auch über diese Distanz zu schlagen.

Sie stehen vor der Sicherheitskontrolle, gleich wird Leon dahinter verschwinden und Emilys Herz ist so schwer.

»Vergiss mich nicht.« Seine Stimme ist heiser, noch einmal drückt er sie fest an sich, nimmt ihr Gesicht in seine Hände, küsst sie auf Stirn, Nase und Mund, streicht mit dem Daumen über ihre Lippen. »Geh jetzt bitte und dreh dich nicht um, sonst verpasse ich meinen Flieger.«

Emily tut, worum er sie bittet. Sie konzentriert sich darauf, einen Fuß vor den anderen zu setzen, ihre Schultern sind gestrafft, ihr Kopf ist aufrecht. Sie beißt sich auf die Lippen, um nicht zu weinen, beschleunigt ihre Schritte, biegt um eine Ecke und bleibt stehen.

Wohin jetzt?

Nach Hause? Ohne Leon ist es verwaist.

Ins Büro? Ja, aber wird sie sich auf irgendeine Arbeit konzentrieren können?

Sie realisiert, dass sie vor dem Schaufenster einer Buchhandlung steht. Ihr Blick fällt auf einen Titel in englischer Sprache – Outlander. Es ist das Werk einer bekannten amerikanischen Schriftstellerin. Ihre Heldin geht auf Zeitreise und findet dabei die Liebe ihres Lebens. Ohne groß nachzudenken, geht Emily in den Laden und kauft das Buch.

Das Haus ist so groß ohne Leon, die Zimmer so leer. Auf ihrer

Wanderung durch die einzelnen Räume kommt Emily an der Ablage im Flur vorbei, sieht das Buch, nimmt es und beginnt zu lesen. Es ist in Leons Muttersprache geschrieben, das mildert ihren Abschiedsschmerz ein wenig, im Lesen fühlt sie sich ihm näher. Und nicht nur ihm, sondern auch Viktoria, die im gleichen Land lebt wie er.

Es gibt immer wieder Momente, in denen fehlt Leon ihr so sehr, dass Emily meint, ihr Herz müsse stehen bleiben vor lauter Sehnsucht. Dann verflucht sie die Entfernung, die zwischen ihnen liegt und seufzt, denn die Zeit, die es noch dauert, bis er wieder bei ihr ist, dehnt sich vor ihr wie eine endlose Wüste. Zum Glück gibt es die Mails, die täglich über den Atlantik hin- und herfliegen. Sie denkt daran, wie aufregend Leons Stimme am Telefon klingt und dass sie demnächst wieder miteinander skypen werden. So vergeht die Zeit viel schneller, als sie es beim Abschied am Flughafen zu hoffen wagte.

Schon hat der Herbst farbenprächtigen Einzug gehalten mit späten Dahlien, Astern und dem goldbunten Laub der Bäume und Büsche. Selbst an bedeckten Tagen sieht Emily ihr Leuchten. Den Winter mit seiner Dunkelheit fürchtet sie nicht mehr, die Enttäuschungen der Vergangenheit sind überwunden. In ihrem Herzen leuchtet ein Licht, das jeden noch so dunklen Tag und die tiefste Nacht zum Strahlen bringt – die Liebe!

Barbara Kloska

Weißt du eigentlich ...

Weißt du eigentlich, Fremder,
wie sehr sich unsere Begegnung
    von der mit anderen unterscheidet –
wie sehr sich Alltägliches gewandelt hat,
    seit sich unsere Wege kreuzten?
Seit ich dich neben mir weiß, scheint es,
    als trüge ich leichter an aller Last.
Da ist etwas Besonderes – und ich spüre,
    dass ich dich schon immer vermisst habe.

Weißt du eigentlich, Begleiter,
wie wohltuend es ist, deinen Schritt,
    deine Stimme neben mir zu hören –
wie anders ich alles
    um mich herum erlebe?
Seit ich dich neben mir weiß, scheint es,
    als nähme ich alles bewusster wahr.
Da ist etwas Besonderes – und ich erfahre,
    was mir bislang verborgen blieb.

Weißt du eigentlich, Gefährte,
wie sehr du mein Grau mit
    bunten Farbklecksen überdeckst –
wie sehr das Lied in mir nachklingt, zu dem
    durch dich einfache Töne werden?
Seit ich dich neben mir weiß, scheint es,
    als zeige sich die Welt von besserer Seite.
Da ist etwas Besonderes – und ich erlebe,
    wie schön das Leben sein kann.

Weißt du eigentlich, Vertrauter,
wie sehr mein Herz klopft,
    wenn die nächste Kreuzung naht –
wie sehr ich danach aber jubele, so du
    doch weiter an meiner Seite bist?
Seit ich dich neben mir weiß, scheint es,
    als wäre etwas in mir endlich vollständig.
Da ist etwas Besonderes – und ich
    entdecke mich selbst in dir immer neu.

Franziska Bauer

Philemon und Baucis

Wir sind dabei, gemeinsam alt zu werden.
Und doch bist du mir näher als zuvor.
Zwar quälen uns schon allerlei Beschwerden –
die tragen wir gemeinsam, mit Humor.

Und werden wir auch beide schon vergesslich,
an unsren ersten Kuss und unsre erste Nacht
erinnern wir uns beide noch verlässlich,
die wir in Glück und Seligkeit verbracht.

Wir sitzen Seit' an Seite in der Sonne,
ich lehne mich an dich, halt deine Hand.
Das Liebesglück der Jugend wich der Wonne
der Zweisamkeit mit Herz und mit Verstand.

Geborgenheit, Glück, Wärme und Vertrauen
versüßen uns die Zeit, die uns verblieb.
Auf deinen Beistand kann ich immer bauen.
Und du auf meinen. Schatz, ich hab dich lieb.

Großhöflein, 29.3.2019

Matthias Sebastian Biehl

Danke

Da war es wieder.

Robert Freeman schlug die Augen auf. Das Habitat hatte sich in den letzten Stunden abgekühlt. Er fröstelte und zog die raue Decke mit dem NASA-Logo enger um seine Schultern. Das Display seines Weckers zeigte 01:37 Uhr. Genau wie die Nächte zuvor.

Er lauschte in die Dunkelheit hinaus.

Draußen blies der Wind feinen Staub gegen die Stoffbahnen der aufblasbaren Habitatkuppel. Unzählige kleine Fäuste, die das fremde Objekt seit ihrer Ankunft unablässig bearbeiteten. Das war vor 302 Sol gewesen. Das war die etablierte Bezeichnung für einen Marstag. Er dauerte nur etwa 40 Minuten länger als ein Tag auf der Erde. Ein willkommener Zufall, der den Astronauten nur eine geringe Umgewöhnung ihres Tagesrhythmus abverlangte. Ein Jahr auf dem Mars war hingegen deutlich länger als auf der Erde. 687 Tage benötigte er, um die Sonne einmal zu umkreisen.

302 Sol also. So lange war noch kein Mensch zuvor auf dem roten Planeten gewesen. Und seit dem ersten Tag kämpften sie gegen den Staub. Er war überall. In den Haaren, der Lüftung, dem Essen. Man konnte ihm nicht entfliehen.

Eines Tages könnte er das Hightechmaterial der Kuppel durchbrechen. Diese dünne Haut, die ihn und den Rest der Crew vor der Kälte und der Strahlung schützte. Die Luft würde entweichen, das Leben in dieser kleinen Oase hörte auf zu existieren. Vielleicht begrübe der Staub auch das Habitat, die Rover und all die von Menschen eingeschleppten Gerätschaften unter sich. Nichts wiese dann mehr auf ihren Besuch hin. Als wären sie nie hier gewesen. Als hätte es sie nie gegeben.

Da. Durch das ständige Schleifen des Windes konnte er es hören. Ein Scharren oder Klopfen. Unregelmäßig. Es klang so, als käme es von außerhalb der Kuppel. Von einem Punkt direkt hinter der Wand, an der sein Bett stand.

Er legte sein Ohr an die Zeltbahn und versuchte, das Geräusch zu identifizieren. Nichts. Robert konzentrierte sich, blendete die Schmirgelgeräusche aus, doch nun konnte er das Klopfen, das ihn die letzten Nächte verfolgt hatte, gar nicht mehr wahrnehmen. Als er sich wieder von der Wand löste, zeigte sein Wecker 02:06 Uhr.

Robert schüttelte den Kopf. Er brauchte Bewegung. Hose und Pullover waren schnell übergestreift, dann trat er aus seiner Schlafnische in den Quartierraum hinaus. Nur die Notbeleuchtung sorgte für etwas Licht. Er hätte sie nicht benötigt. Die Abmaße und Anordnungen im Habitat waren ihm bereits auf der Erde durch zahllose Übungen vertraut gewesen. Er war sich sicher, dass er sich auch blind problemlos im gesamten Komplex zurechtfinden würde.

Aus der Schlafnische gegenüber seiner eigenen drang Captain Peters tiefes, gleichmäßiges Schnaufen. Der Kommandant der dritten bemannten Marsmission war ein Bär von einem Mann. Groß, stark und tatendurstig. Jetzt gerade schien er sich jedoch im Winterschlaf zu befinden.

Robert ging weiter. Neben Peters' Quartier lag der Bereich von Sanchez, der Geologin der Mission. Als Robert den Gang Richtung Gemeinschaftsraum weiter ging, hörte er, wie sich die Mexikanerin mit einem Schmatzen herumdrehte und weiter schnarchte.

Auch die Geräusche aus den Schlafnischen der Ingenieure Lewis und DeVille verrieten, dass die beiden tief schliefen.

Alles so friedlich. So als sei dies der sicherste und ruhigste Ort im ganzen Sonnensystem. Die Ereignisse der letzten Woche schienen weiter weg als ihr Heimatplanet, die Erde.

Sein Blick glitt zur Seite. Zu dem dunklen Bereich, der Karen gehört hatte. Direkt neben seiner Schlafnische. In seiner Nähe. So wie die letzten Jahre. Doch das würde nie wieder so sein.

Er schluckte und trat an das schwarze Loch, das zu ihrem Quartier führte.

Etwas hielt ihn zurück. Er konnte nicht weiter. Seit Karens Tod hatte er den Raum nicht betreten. Ihr Verlust schien so unwirklich. Warum ausgerechnet Karen?

Sie war so voller Lebensfreude und Neugierde gewesen. Er konnte sich nicht erinnern, dass es jemals anders war. Schon im Kindergarten war sie ein regelrechter Wirbelwind gewesen. Immer am Klettern, Rennen, Toben. Wo es etwas Neues zu erkunden gab, dort war Karen. Davon konnte man ausgehen.

Er war da ganz anders gewesen. Ruhiger. Introvertierter. Auch Robert war extrem neugierig, aber er erschloss sich die Welt durch Bücher. Mit vier Jahren konnte er gut lesen. Texte, die ihm noch zu schwer waren, ließ er sich vorlesen. Von seinen Eltern, Verwandten, den Erzieherinnen im Kindergarten. Er wollte alles wissen.

Karen war es, die ihn damals ansprach.

»Was machst Du da eigentlich?«

Robert blickte von dem Buch über die Erde auf, in das er vertieft war.

»Lesen.«

»Das sehe ich. Aber die Sonne scheint. Da kannst Du doch nicht rumsitzen und so'n ödes Buch lesen.«

»Es ist nicht öde! Da steht viel über die Erde drin. Wo sie herkommt und was es hier so alles gibt.«

»Und warum brauchst Du das?«

»Weil ich das wissen will.«

»Wozu? Du sitzt hier doch nur rum. Und liest. Komm mit! In die echte Welt! Wir bauen eine Höhle in den Bambusbüschen!«

Robert ließ das Buch sinken und blickte in das sommersprossige Gesicht, das von wilden Locken eingerahmt wurde. Sie würde nicht lockerlassen. Das konnte er deutlich erkennen. Zögernd legte er das Buch zur Seite. Karen hielt ihm ihre Hand hin und zog ihn in den Garten hinaus.

Es war der schönste Tag im noch jungen Leben von Robert Freeman und der Beginn einer langjährigen Freundschaft zu Karen.

So wie sie ihm ihre Welt eröffnete, so tat er es umgekehrt mit seiner.

Sie verbrachten jede freie Minute zusammen und wurden bald nur noch »die Zwillinge« genannt, weil es fast unmöglich war, sie einzeln anzutreffen. Als seine Eltern wegen eines Wechsels der Arbeitsstelle umziehen mussten, fühlte er sich die ersten Wochen leer und antriebslos. Ein Teil von ihm war bei Karen geblieben. Ein Bereich in seiner Seele, der immer nur ihr gehören würde. Er würde niemand anderem jemals wieder gestatten, ihn zu betreten. Erst Jahre später erfuhr er, dass es Karen genauso ergangen war.

Es gelang ihnen, Kontakt zu halten. Sie telefonierten so ausgiebig miteinander, dass ihnen ihre Eltern die Telefonzeiten einteilen mussten. Also begannen sie sich Briefe zu schreiben. Jeden einzelnen von ihnen hatte er aufgehoben und abgeheftet. Die Ordner füllten über einen Meter in seinem Regal zuhause in San Francisco.

Trotz ihrer Vertrautheit brauchte es lange, bis beide erkannten, dass sie füreinander bestimmt waren. Sie hatten sich gegenseitig über die Trennungsschmerzen ihrer ersten Beziehungsversuche hinweggetröstet und, mittlerweile 23 Jahre alt, beschlossen, eine Trekkingtour durch den Yellowstone-Nationalpark zu unternehmen. Am Ende der Tour war beiden klar, dass sie den Rest ihres Lebens miteinander verbringen wollten. Ein Jahr später waren sie verheiratet.

Karen promovierte in Biologie, Robert in Physik. Damals deutete wenig darauf hin, dass sie einmal zu den Sternen reisen würden. Aber das Leben ist eine Aneinanderreihung von Zufällen und so kam es, dass ihnen ein Studienfreund verkündete, dass er sich bei der NASA für das Raumfahrtprogramm beworben habe. Sein Enthusiasmus steckte die beiden an, und mit wenig Hoffnung auf Erfolg reichten auch sie ihre Bewerbungsunterlagen ein.

Wider Erwarten waren beide erfolgreich. Nachdem sie sich in einigen Missionen beweisen konnten, gehörten sie schließlich der Crew der dritten bemannten Marsmission an.

Karen war begeistert. Der Mars hatte ihre Phantasie schon seit Jahren beflügelt. Sie wusste alles, was die Menschheit je über unseren Nachbarplaneten niedergeschrieben hatte. Die Vorstellung, einen wichtigen Teil zu seiner Erforschung beizutragen, ließ sie die ersten Nächte nicht schlafen.

Gibt oder gab es einmal Leben auf dem Mars? Diese Frage hatte sie sich als Biologin immer wieder gestellt. Nun war endlich die Chance gekommen, es vor Ort herauszufinden. Ein Traum wurde wahr.

Robert war auch begeistert von der Aufgabe, die ihnen bevorstand, aber verglichen mit Karen wirkte er nur mäßig interessiert. Das war auch ein Grund, warum er sie so liebte. Wenn sie etwas tat, dann tat sie es mit vollem Einsatz. Es wäre einfacher gewesen, der Sonne zu befehlen weniger hell zu scheinen, als Karen Freeman von einem einmal gefassten Vorhaben abzubringen.

Es folgte eine vielmonatige Vorbereitung auf die Mission und eine halbjährige Reise zum Mars. Und dann waren sie tatsächlich da. Robert brauchte eine Weile, um zu begreifen, dass er nun wirklich auf einem anderen Planeten lebte. Ein unglaubliches Gefühl!

Bis zu Karens Unfall. Sie und Sanchez hatten in einem der umliegenden Täler Bodenproben genommen, um sie auf Spuren von Leben zu untersuchen, als sich über ihnen eine Steinlawine löste. Sie erwischte Karen und begrub sie unter sich. Sanchez konnte nur hilflos zusehen. Sofort alarmierte sie die anderen Astronauten, die so schnell wie möglich zur Unfallstelle kamen. Es war zu spät. Sie fanden Karen, aber sie war bereits tot. Das war an Sol 196 gewesen. Für Robert würde es immer erst gestern passiert sein.

Ein Begräbnis hatte es nicht gegeben. Nur eine kurze Trauerfeier. Er hatte sie wie betäubt über sich ergehen lassen. Karens Leichnam lag jetzt vakuumverpackt im Laderaum des Earth Return Vehicles, dem ERV. Er stellte eine Kontaminationsgefahr für den Mars dar, darum durfte er nicht hier in der roten Erde seine letzte Ruhe finden.

Verdammte Vorschriften! Es fühlte sich einfach nicht richtig an! Nicht für ihn und ganz sicher auch nicht für Karen. Sie wollte immer an einem Ort begraben sein, der ihr etwas bedeutete. Was wäre besser geeignet gewesen als dieser Planet?

In der Nähe des Nordpols existierte Leben. Davon war sie überzeugt. Nun würde ihr diese Erkenntnis auf ewig vorenthalten bleiben.

Roberts Hand suchte den Lichtschalter, aber sein Herz verhinderte, dass sie ihn fand. Er löste sich von der Schwelle zu Karens Raum und wandte sich ab. Vielleicht würde er doch noch zu etwas Schlaf kommen, bevor der Sonnenaufgang den Mars in bläuliches Licht tauchte.

Robert schlurfte zu seiner Koje, sank darauf nieder und schloss die Augen.

Da war es wieder. Ganz deutlich. Sein Kopf lag jetzt unmittelbar neben der Habitatwand. Dieses Geräusch ließ ihn nicht los. Es gab nur einen Weg, wie er sich Gewissheit verschaffen konnte. Er würde hinausgehen und nachsehen.

Schnell zog er seinen Raumanzug an und betrat die Luftschleuse, nachdem er sich vergewissert hatte, dass der Rest der Crew immer noch schlief. Er wollte nicht erklären müssen, weshalb er mitten in der Nacht zu einem Marsspaziergang aufbrach. Genaugenommen konnte er es sich selbst nicht so richtig erklären. Er musste es einfach tun. Es ließ ihm keine Ruhe.

Er drückte ein paar Knöpfe, und die Tür zum Inneren der Kuppel schloss sich hinter ihm. Nach einigen Sekunden sprang die Anzeige am Schleusenausgang von Rot auf Grün. Der Schleuseninnendruck entsprach nun dem Atmosphärendruck. Neun Millibar. Er drückte auf den Türöffner, aber die Schleuse blieb verschlossen. Der Stationscomputer verlangte einen Zugangscode, um die Tür zu öffnen. Vermutlich aufgrund der ungewöhnlichen Uhrzeit und weil er alleine hinauswollte. Dies entsprach nicht der gängigen Praxis. Außeneinsätze wurden grundsätzlich in Teams von mindestens zwei Personen durchgeführt.

Robert gab den Code ein. Das würde später im Missionsprotokoll vermerkt werden, aber das kümmerte ihn jetzt nicht.

Mit einem kaum merklichen Zischen öffnete sich der Ausgang und Robert trat ins Freie. Es fühlte sich so an, als ginge er über frisch gefallenen Schnee, wenn er über den Boden des Mars ging. Er wandte sich nach rechts. Der Ursprung des Geräusches war in der Nähe seines Bettes gewesen. Um diese Stelle außerhalb der Kuppel zu erreichen, musste er fast einmal um das Habitat herumlaufen. Er setzte sich in Bewegung. Mit den integrierten Helmscheinwerfern leuchtete er den Bereich vor sich aus. Nach ein paar Schritten verdeckte die Kuppel das wenige Licht der Schleuse und sein Helm war das einzige, was die Dunkelheit vertrieb. Als ginge er auf dem Boden des Atlantiks spazieren. Ein Anglerfisch auf Erkundungstour.

Er hatte den Weg fast geschafft, da blieb er abrupt stehen. Das konnte doch nicht sein. Dort vorne war etwas, das seine Scheinwerfer gerade noch erfassen konnten. Es sah aus wie einer ihrer Raumanzüge. Robert trat etwas näher heran.

Ja, das war einer ihrer Anzüge. Er lehnte an einem Felsen neben dem Habitat. Es wirkte, als würde dort jemand sitzen und sich ausruhen. Hatte ein Mitglied der Crew seinen Ausflug bemerkt und wollte ihm jetzt einen Streich spielen? Er öffnete einen Funkkanal.

»Hallo. Bist du's, Peters?«

Der Kommandant war für seinen schrägen Humor bekannt.

Robert erhielt keine Antwort und ging weiter auf den Schemen zu, der dort in etwa 10 Metern vor ihm auf dem Boden saß.

»Sanchez? Lewis? DeVille? Hört mit dem Quatsch auf!«

Wieder kam nur Rauschen aus den Lautsprechern der Funkanlage. Er war nur noch fünf Meter entfernt. Gleich würde er sehen, was hier vor sich ging. War das nur ein Raumanzug oder steckte da jemand drin?

Plötzlich hob sich der rechte Arm der Gestalt, holte aus und vollführte eine Wurfbewegung zum Habitat.

Ihm stockte der Atem. Hier draußen war wirklich jemand. Wer konnte das sein? Der Rest der Crew lag im Habitat und schlief. Selbst wenn sie ihn getäuscht hatten und einer von ihnen schneller zu dieser Stelle gelangt war, so erklärte es das Klopfen nicht, das er in seiner Kabine gehört hatte. Da waren ja alle in ihren Kojen gelegen.

Robert bückte sich und griff nach dem nächsten Stein, der auf dem Boden lag. Mit den groben Handschuhen konnte er ihn nur schwer fassen.

Er holte aus und warf ihn dem Unbekannten direkt vor die Füße. Der hielt kurz inne, dann begann er aufzustehen. Das Spiel war eröffnet. Jetzt gab es kein Zurück mehr.

Robert sah sich um.

Verdammt! Nichts, das sich als Waffe zu seiner Verteidigung einsetzen ließ. Das war ja mal ein richtig guter Plan gewesen.

Die Gestalt stand jetzt und kam langsam auf ihn zu.

»Da bist du ja. Ich habe schon befürchtet, dass du mich gar nicht bemerkst.«

Die Stimme hörte sich seltsam an. So als käme sie gar nicht aus den Lautsprechern in Roberts Helm. Sie schien direkt in seinem Kopf zu entstehen.

Okay. Das war's! Robert kontrollierte die Sauerstoffanzeige an seinem Anzug. Etwas stimmte ganz und gar nicht. Er musste halluzinieren. Das konnte alles nicht sein.

Diese Stimme hätte er unter Millionen erkannt. Sie ließ sein Herz schneller schlagen. Vor Freude und vor Angst. Denn diese Stimme gehörte niemand anderem als Karen!

Sie stand nun direkt vor ihm. Er verspürte Unbehagen und auch Angst davor, dass er gleich Gewissheit haben würde, wer ihn die letzten Nächte wachgehalten hatte. War das wirklich Karen? Oder verlor er gerade seinen Verstand?

Er richtete die Scheinwerfer auf den Helm und konnte nur ungläubig in die braunen Augen schauen, die ihn aus dem vertrauten sommersprossigen Gesicht anblickten.

Sie lächelte. Sie stand da und lächelte ihn einfach nur an.

»Nein, Robert. Du bist nicht verrückt. Ich bin zurück.«

»Karen. Wie? Du... bist tot.«

Er wich einen Schritt zurück.

»Ich habe deinen Leichnam gesehen. Du kannst nicht hier sein!«

»Und doch bin ich es.«

Sie breitete die Arme aus. Roberts Herz pumpte wie wild. Bald würde er aufwachen. Er würde schweißgebadet in seiner Koje aufwachen. Vielleicht würde er dabei laut schreien und um sich schlagen.

Ja. So würde es passieren. Jetzt gleich.

»Das ist kein Traum, Robert. Ich bin wirklich hier.«

»Kannst du meine Gedanken lesen?«

»Natürlich. Und du meine. Eigentlich konnten wir das schon immer.«

Robert musste lächeln. Ja, sie hatten sich schon immer blind verstanden. Sonst wäre er an diesem Tag im Kindergarten wohl nie mit ihr mitgegangen.

Er streckte seine Hand nach ihr aus. Näher, immer näher kam er ihr und dann...

Dann spürte er sie. Berührte den festen Stoff des Raumanzuges. Erst zögerlich, doch schnell vertrauter. Die zweite Hand folgte, dann schloss er sie in die Arme.

Tränen rannen über seine Wangen.

»Ich habe dich so unendlich vermisst! Du weißt gar nicht, wie sehr. Ich dachte, du wärst für immer gegangen.«

»Nicht für immer. Nur für eine Weile. Ohne dich kann ich nirgendwo lange sein.«

Robert straffte sich. »Was stehen wir hier draußen denn noch rum? Komm zur Schleuse! Ich mache dir einen Kaffee, so wie du ihn magst, und wir erzählen es den anderen! Los! Worauf wartest du?«

Robert wollte sie mit sich ziehen, aber sie rührte sich nicht von der Stelle.

»Das geht nicht, Robert.»

»Natürlich geht das. Warum sollte es denn nicht gehen? Du bist doch hier.«

»Ich bin deinetwegen hier.«

»Dann bleib auch meinetwegen. Ich kann dich nicht schon wieder verlieren. Lass mich nicht allein!«

»Du weißt nicht, was du da verlangst.«

Er trat so nah an Karen heran, dass sich ihre Helme berührten.

»Ich kenne dich, Karen. Du kommst nicht extra zu mir, um mir dann das Herz zu brechen. Warum bist du zurückgekommen? Weshalb bist du hier?«

Ihre Augen suchten seine. Dann glitt ihr Blick an ihm vorbei zu einem kegelförmigen Schatten, der begann, sich gegen den einsetzenden Sonnenaufgang abzuzeichnen.

»Das weißt du schon. Die Dinge sollten anders sein. Wirst du es tun? Für uns?«

»Du weißt, dass ich alles für dich tun würde.«

Robert sah Karen lange an. Wieder liefen Tränen über seine Wangen.

»Ich verstehe, Karen. Ich liebe dich. Immer.«

Sie nickte, schloss die Augen und formte die Lippen zu einem erleichterten Wort.

»Danke.«

Er nahm sie bei der Hand und gemeinsam gingen sie zum ERV.

Die folgenden Ereignisse geben bis heute Rätsel auf. Es steht nur fest, dass Robert Freeman in dieser Nacht allein das Habitat über Luftschleuse B verließ und begann, den Komplex zu umrunden. Auf der Rückseite blieb er für einige Zeit stehen. Das konnten die Außenkameras der Station noch aufzeichnen. Dort verharrte er bis kurz vor Sonnenaufgang und lief dann in Richtung des ERV, das nicht mehr im Sichtfeld der Kameras lag. Von diesem Zeitpunkt an existierten keine direkten Videoaufzeichnungen von Robert Freeman mehr.

Die Kameras registrierten den Diebstahl eines der drei Rover nicht. Robert Freeman deaktivierte dessen Ortungssysteme und fuhr Richtung Norden davon. Lediglich für ein paar Sekunden passierte er das Blickfeld einer Außenkamera. Danach hat niemand mehr etwas von ihm oder dem Rover gesehen. Der Marswind tilgte schnell alle Spuren. Die Crew stellte außerdem fest, dass der Leichnam der verstorbenen Karen Freeman aus dem Laderaum des ERV verschwunden war.

Der Vorfall war ein schwerer Schlag für die Crew, und die Stimmen wurden lauter, die ein Ende der teuren Flüge zum Mars forderten.

Trotz dieser aufkeimenden Zweifel an den bemannten Marsmissionen wurden sie über viele Jahre weiter betrieben. Im Verlauf der siebten Mission gelang es erstmals zweifelsfrei, Leben in der nördlichen Hemisphäre des Mars nachzuweisen.

Matthias Sebastian Biehl

Alles, was dann bleibt, ist Liebe!

Und wenn ich jetzt ganz bei dir bliebe?
Denn etwas and'res will ich nicht.
Alles, was dann bleibt, ist Liebe!

Zweifel und Unmut sind nur Diebe.
In mir bloß diese Frage spricht:
Und wenn ich jetzt ganz bei dir bliebe?

Weg all die Laster, Sucht und Triebe!
Und falscher Ehrgeiz, Ruhm und Pflicht!
Alles, was dann bleibt, ist Liebe!

Die Worte, die von fern ich schriebe,
Entsprächen meinem Herzen nicht!
Und wenn ich jetzt ganz bei dir bliebe?

Ich renne, fahre, schwimme, fliege.
Zu lange war schon der Verzicht.
Alles, was dann bleibt, ist Liebe!

In Frieden ich hier bei dir liege,
Seele an Seele und dicht an dicht.
Und wenn ich jetzt ganz bei dir bliebe?
Alles, was dann bleibt, ist Liebe!

Matthias Rothe

Liebe heißt

Liebe,

Liebe heißt Warten.
Warten auf Zustimmung.
Warten auf Erwiderung.
Warten auf Begegnung.

Liebe heißt Vergebung.
Vergebung meiner Schuld.
Vergebung deiner Schuld.
Vergebung unserer Schuld.

Liebe heißt Heilung.
Heilung deines Herzens.
Heilung meines Herzens.
Heilung unseres Herzens.

Liebe heißt Hoffnung.
Hoffnung auf Zustimmung.
Hoffnung auf Erwiderung.
Hoffnung auf Begegnung.

Kristin Fieseler

Ein fetter Fisch

Julia Müller hatte ein seltenes Hobby. Dieses Hobby war ihrem Beruf geschuldet. Es konnte aber auch sein, dass sie diesen Beruf ausübte, weil sie jenem Hobby frönte. Ganz einfach gesagt: Sie sammelte Quittungen. Aber nur solche, die sie steuerlich absetzen konnte. Manche Psychologen würden es gar kein Hobby mehr nennen, denn es entwickelte sich langsam zur Sucht. Julia merkte dies schon, aber es war eine legale Sucht. Die Quittungen waren ja echt und das Geld hatte sie wirklich ausgegeben.

Eines Tages bekam sie einen neuen Kollegen im Büro. Er hieß Herbert König. Herbert wettete für sein Leben gern. Er meinte, das liege an seinem englischen Onkel. Als er ein paar Wochen später miterlebte, wie Julia ihre Quittungen laut zählte, fragte er sie danach. Julia war sehr offen, weil es doch legal war, und erzählte ihm von ihrer Sammelleidenschaft. Leidenschaft war ihrer Meinung auch das bessere Wort dafür. Sie sagte Herbert, dass es wichtig sei, wie man die Dinge benenne. Er nickte zustimmend und schlug ihr sofort eine Wette vor. Wer von beiden zuerst Quittungen im Wert von fünf tausend Euro hätte, würde vom Verlierer tausend Euro erhalten. Da Julia sehr geschickt in ihrer Sammelleidenschaft war, willigte sie ein. Und sie sammelte fortan jeden Tag, jede Stunde, jede Minute, nein, sogar jede Sekunde. Als sie das Sportstudio betrat, dachte sie bereits an die Quittung für die absolvierte Fitnessstunde. Der Typ an der Theke fand sie eigentlich sympathisch, doch

die Quittung irritierte ihn. Sie besuchte ihren Lieblingsfriseur und
erhielt die Quittung, ausgestellt inklusiv Trinkgeld. Sie bestellte Pommes im Fast-Food-Restaurant und tatsächlich bekam sie eine Quittung über zehn Portionen Pommes frites mit Mayo. Voller Vorfreude
auf die knusprigen Kartoffelstäbchen saß sie am Tisch, während eine Bedienung den Tisch mit einem feuchten Lappen reinigte. Sie
nahm die erste Pommes frites und tauchte sie wie in einer Zeremonie
in die Mayo ein. Mit geschlossenen Augen öffnete sie ihren Mund. In
dem Moment, als sie die erste Pommes frites auf ihrer Zunge spürte
und schmeckte, klingelte ihr Handy. Es war ein Notruf – eine Razzia
ganz in der Nähe vom Restaurant. Herbert und seine Männer waren
schon vor Ort. Sie entschied sich schnell fürs Mitmachen. Endlich,
nach drei Jahren Dienstzeit, konnte sie an einer Razzia teilnehmen.
Sie bestellte ein Taxi und ihr Lieblings-Taxifahrer Costa fuhr sie zügig
zur Tauchschule »Zum Meermann«. Gedankenverloren blickte sie
aus dem Beifahrerfenster und bestaunte einen Springbrunnen aus
weißem Marmor, der vor der Tauchschule platziert war. Fast hätte sie
die Quittung vergessen, doch Costa erinnerte sie zum Glück daran.
Costa kannte sie schon seit Jahren. Sie fuhr nie ohne Quittung. Er
nannte sie Miss Quittung und sie nahm es ihm nicht übel.

Costa hielt vor dem Springbrunnen. Julia sprang aus dem Taxi.
Sie fühlte sich magisch von dem Brunnen angezogen. Er war ein
wahres Kunstwerk. In der Mitte stand König Neptun. Rechts und
links von ihm waren ein Delfin und eine Wassernixe zu sehen. Die
Fischschuppen der Nixe glitzerten silbern. Julia konnte nicht wi-
derstehen, sie tunkte ihre Hand ins Wasser. Ihr Spiegelbild auf der
Wasseroberfläche wechselte von einem ernsten zu einem lächelnden
Gesicht. Sie erschrak leicht. Was hatte das zu bedeuten?

Ein Blick auf die Uhr zeigte ihr, dass die Zeit drängte. Julia
marschierte Richtung Eingang. Über der Tauchschule prangten
abwechselnd blaue und grüne Buchstaben und ergaben die Worte »Zum Meermann«. Herbert hatte ihr gesagt, dass er schon vor
Ort sei, aber sie entdeckte nicht die geringste Spur von ihm und

den Razziabeamten. Verunsichert rief sie Herberts Namen, als sie in die Eingangshalle trat. Weißer Marmor, wohin sie auch sah. Sogar die Sitzbänke an den Seiten. Die Türrahmen, die neugierig darauf machten, wohin die Gänge führten. Über dem rechten Türrahmen hing ein Schild. »Büro« murmelte sie leise.

Sie wollte gerade in diesen Gang hinein gehen, als sie einen interessanten Duft aus dem linken Gang wahrnahm. Es roch doch tatsächlich nach Papier. Sie als Finanzbeamtin erkannte diesen Geruch innerhalb von Millisekunden. Sie bog links ab und verfehlte so Herbert und sein Gefolge im rechten Gang. Langsam schritt sie auf dem weißen Marmorboden entlang. Er war rutschig. Ein dünner Feuchtigkeitsfilm überzog den Boden. Nach ein paar Metern sah sie eine Tür mit dem Schild »Privat«. Und sie vernahm einen noch stärkeren Papiergeruch. Sie klopfte drei Mal laut gegen die Tür, schrie ihren Namen und den Namen des Finanzamtes, um dann die Tür mit einem rechten Fußtritt aufzustoßen. Sie blickte in das erstaunte Gesicht eines Mannes um die 30, der mit nacktem Oberkörper hinter einem durchsichtigen Schwimmbassin stand und sich die blonden, kurzen Haare mit einem blauen Handtuch abtrocknete. Sie stieß die Worte »Razzia, keiner bewegt sich.« ungewöhnlich leise aus. Sie flüsterte sie fast. Als ihr Blick nach rechts schweifte, sah sie einen geöffneten Pappkarton, in dem mindestens ein Fernseher Platz gehabt hätte. Auf ihm stand mit Edding-Stift »Belege« geschrieben. Sie lachte. Dieses Mal hatte der Steuerpflichtige nicht nur einen Schuhkarton, sondern einen Fernsehkarton für seine Belege ausgewählt. Der Mann starrte sie an, während sie zu dem Karton schlich. Sie erhaschte einen Blick von dessen Inhalt. Er war tatsächlich randvoll mit Zettelchen. Sie deutete mit dem Zeigefinger auf den Karton und fragte den Mann: »Ist das Ihr Karton?« Er nickte leicht und bewegte sich elegant auf sie zu. Ihre Augen klebten an seinem muskulösen Oberkörper. Er sah aus, als würde er jeden Tag schwimmen. Plötzlich streckte er ihr die Hand entgegen. »Wie wäre es, wenn ich mich vorstelle?« Er blieb ruhig. Verdammt ruhig. Wo nahm er nur diese

Ruhe her? Dies war eine Razzia und er hatte wirklich nervös zu sein. Sie wühlte in ihrer Handtasche. Der unbezahlte Steuerbescheid. Das Dokument hatte sie auf ihrem Handy als Download. Dieser unglaublich unschuldig aussehende Mann war ein Krimineller. Und er blieb vor ihr stehen und grinste sie breit an. Blaugrüne Augen strahlten sie an. Sie hörte Meeresrauschen, so als würde sie ihr Ohr an eine dieser zahlreichen Muscheln halten, die verstreut auf dem Fußboden herumlagen. Jetzt erst nahm sie wahr, dass er in Badehose vor ihr stand. Und er sagte seinen Namen. »Hi, ich bin Leif. Schön, dass Sie endlich mal vorbeikommen. Wie kann ich Ihnen helfen?«

Ihre Kinnlade fiel nach unten. Ihre Hand, in der sie das Handy mit dem geöffneten, unbezahlten Steuerbescheid hielt, zitterte. Wie sollte sie sich da bloß konzentrieren? Und von Herbert und seinem Team keine Spur. Sie schnappte nach Luft und überlegte, was zu tun sei. Und als wäre sie in eine neue Welt eingetaucht, fragte sie ihn spontan nach dem Springbrunnen. Sie wollte wissen, wer ihn gebaut hätte. Leif lachte. Das sei ein Relikt aus einer anderen Welt. Ungläubig schaute sie ihn an. Er lächelte. Und er machte ihr ein Angebot. Er brauche dringend Hilfe beim Sortieren dieser Belege, um seine Steuererklärung zu machen. Sie nickte, ohne zu überlegen, was sie tat. Und in seinen blaugrünen Augen sah sie einen kilometerlangen Sandstrand, an dem sie hüpfend herumtollte.

Sie schüttelte den Kopf. Unglaublich, sie musste doch wie immer Ruhe bewahren. Inzwischen trat Leif wieder ein paar Schritte hinter das Bassin. Siegesgewiss fragte er sie, ob sie gleich damit anfangen könne, denn er habe noch eine Kleinigkeit zu erledigen. Sprach's und sprang kopfüber in das Bassin, um innerhalb einer Sekunde zu verschwinden. Fassungslos stand Julia vorm Bassin und flüsterte nur »Das ist Steuerflucht.« Sie näherte sich dem Bassin und bemerkte nun, dass eine Röhre hinab führte. Sie erinnerte sich an früher. Sie war immer die Beste im Luftanhalten beim Tauchen gewesen. Und sie war mutig. Und dies war eindeutig eine Flucht vor der Steuer. Sie musste hinterher. Gewissenhaft legte sie ihr Handy auf den Tisch neben dem Belege-Karton und zog ihren dunkelblauen Rock sowie ihre Schuhe aus. Ihre Bluse behielt sie an. Dann sprang sie ins Bassin. Sie tauchte unter und entdeckte eine Schleusenklappe, die verschlossen war. Sie hielt die Hand davor, und wie durch Zauberhand öffnete sich die Schleuse wie eine Spirale. Sie sah, wie Leif in dieser Röhre auf einer dünnen Wasserschicht in Torpedogeschwindigkeit rutschte. Mit ganz viel Glück würde sie ihn einholen. Sie war erstaunt über ihren Wagemut und zwängte sich durch die enge Schleuse. Sie glitt in eine gläserne Röhre und schlagartig wurde ihr Körper beschleunigt. Julia kam aus dem Staunen nicht mehr heraus. Hektisch blickte sie zur Seite, dann wieder nach vorne. Die Röhre führte in ein unterirdisches Gewässer. Aufgeregt lehnte sie sich nach hinten und wurde schneller. Sie konnte Leif fast an den Fußspitzen berühren, als es »Plopp!« machte und er aus der Röhre in das Gewässer schwamm. Sie traute ihren Augen nicht – er atmete. Sie konnte genau sehen, wie sein Brustkorb sich hob und senkte. Und seine Füße hatten sich in einen Fischschwanz verwandelt. Meine Güte, der Typ war ein Meermann, schoss es ihr durch den Kopf. Sie geriet in Panik, weil sie bestimmt nicht atmen konnte. Um zurückzuschwimmen, war der Weg zu weit. Sie musste nun durch das Ende der Röhre und zusehen, so schnell wie möglich an die Oberfläche zu gelangen. Sie würde einen neuen Rekord brechen. Unweigerlich näherte sie sich dem Ende der Röhre. Ihre Fäuste waren geballt und sie hatte die Zähne fest aufeinandergebissen. Sie war bereit zu sterben. Ihr schwirrten die Gedanken. Aber als sie wieder ein »Plopp!« hörte, durchschwemmte sie mit einem Schlag ein vertrautes Gefühl. Das Wasser umschloss ihren Körper und sie fühlte eine neue Leichtigkeit. Sie hatte keine Angst mehr. Und wie selbstverständlich atmete sie unter Wasser. Das kühle Nass bedeckte ihren Körper wie eine zweite Haut. Wie konnte das sein? Wo war sie nur gelandet?

Sie fühlte sich geborgen und beschwingt. Sie blickte auf ihre Füße, doch stattdessen sah sie einen schuppigen Fischschwanz. Gut, dass sie den Rock ausgezogen hatte, schoss es ihr durch den Kopf.

Aber mein Gott, was für eine Katastrophe. Was, wenn das für immer so bleiben würde? Die Kollegen würden sich doch über sie lustig machen. Halt, sie durfte ihre Mission nicht vergessen. Und die hieß, den Steuerflüchtling fangen. Vor ihren Augen blubberten ihre eigenen Luftblasen in die Höhe.

Sie schwamm auf Leif zu, der sich zielstrebig einem Unterwasser-Tempel näherte. Und obwohl sie sich unter Wasser befand, konnte sie eine tiefe, donnernde Stimme hören, die »Leif, wo bleibst du?« rief. Wenn sie hören konnte, konnte sie vielleicht auch sprechen, dachte sie, und versuchte es. Ein gurgelndes »Hallo?« sprudelte aus ihrem Mund. Und sogleich drehte sich Leif um. Vollkommen überrascht erstarrte er mitten in seiner Schwimmbewegung. Und mit ein paar Schwimmzügen rückwärts war er neben Julia. »Du bist mir gefolgt?« fragte er sie entgeistert und betrachtete ihren Fischschwanz. »Warum?« Sie blubberte: »Weil die Steuern bezahlt werden müssen.« Seine blaugrünen Augen blickten sie traurig an. »Ich habe aber gar kein Geld.« Er zeigte zum Tempel. »Ich muss es mir immer von ihm leihen.« Verständnislos blickte sie ihn an. »Es sind Münzen, falls du es wissen willst.« Sie überlegte, wie hoch die Steuerschuld war. Für einen kurzen Moment dachte sie über sein geschätztes Einkommen und seine berechneten Steuern nach. Alles nur geliehen von jemand anders? Für wie viel Zinsen?

Leif deutete hinter den Tempel. »Es gibt ein Schiff. Dort soll es einen Schatz geben.« Er zwinkerte vielsagend. »Reichen zehntausend Euro?« Sie gurgelte. »Das ist genau der Betrag, den das Finanzamt von dir will.« Nach einer kurzen Pause reichte er ihr die Hand. »Dann lass uns zu meinem Vater schwimmen und die Sache klären.« Vorsichtig legte sie ihre zittrige Hand in seine. Seine Hand war trotz des kühlen Wassers warm. Als sie zum Tempel schwammen, umschwärmten sie eine Horde neugieriger Seepferdchen. Sie kicherten. Julia dachte, dass die Seepferdchen nur kicherten, weil sie und Leif händchenhaltend durch die Gegend tümpelten. Sie spürte ein Ziehen in ihrer Brust und sie merkte, wie ihre Gedanken von ihrer Mission, den Steuerflüchtling zu fangen, abschweiften. Sie genoss die Lichtstrahlen, die von der Wasseroberfläche bis auf den Meeresgrund ihren Weg fanden und ein rhythmisches Spiel vollführten. Sie schwamm mit einem attraktiven Meermann Seite an Seite und die Zeit fühlte sich plötzlich frisch an. Glücklich blubberte sie wieder ein paar Blasen. Leif strahlte sie an.

König Neptun war in erster Linie grün und groß. Seine rechte Hand umschloss einen golden blitzenden Dreizack. Er sah missgelaunt aus. »Leif! Endlich bist du da. Deine Hochzeit mit Xenia steht an.« Julia war verblüfft. Leif sollte eine gewisse Xenia heiraten, und warum schwamm er dann händchenhaltend mit ihr zu seinem Vater? Sie löste abrupt ihre Hand aus Leifs Hand. Sie sah die Enttäuschung in seinem untrüglichen Blick.

König Neptun, der auf einem Thron aus weißem Marmor saß, starrte auf Julia. »Wer ist sie?« fragte er Leif knurrend. Leif schaute gespielt unschuldig. »Eine zufällige Bekannte.« Julia schnaubte innerlich vor Wut. Unzählige Blubberblasen stiegen aus ihrem Mund nach oben. Sie war Finanzbeamtin und hatte den Steuerflüchtling fast dingfest gemacht. So hätte die Antwort lauten müssen. Stattdessen schwafelte Leif von einer zufälligen Bekanntschaft. Da sie großen Respekt vor König Neptun fühlte, brachte sie kein Wort heraus, um die Sache richtig zu stellen.

Ohne große Umschweife sprach Leif König Neptun direkt auf sein fehlendes Geld an. König Neptun sah zu Julia hinüber. »Du bist klein und wendig. Genau die Richtige, um den Schatz zu heben, den Leif so nötig braucht.« Aha, ein Ablenkungsmanöver war das. Sie war nützlich, und deswegen dieses Händchenhalten und vor allem das sich Drücken vor der Hochzeit, indem er eine zufällige Bekannte vorstellte. Sie aber war mit allen Wassern gewaschen und würde ihm einen Strich durch die Rechnung machen. So einfach ging das alles nicht.

Sie schwamm näher an König Neptun heran und flüsterte ihm ins Ohr. Leif konnte sie nicht verstehen, so sehr er sich auch reckte und streckte. Was sprachen die beiden miteinander ab? Ging es wirklich nur um seine Steuerschuld?

Lächelnd rief König Neptun die Seepferdchen herbei und befahl ihnen, Julia das Schiffswrack zu zeigen und ihr Tipps zu geben. Leif sollte im Tempel bleiben.

Kurze Zeit später schwamm Julia mit den Seepferdchen an einem großen Korallenriff vorbei. Sie sah regenbogenfarbene Fischschwärme und einen dunkelgrauen Mantarochen, der dicht über ihrem Kopf elegant hinweg glitt. Orangefarbene Clownsfische und ultramarinblaue Drückerfische mit einem Knutschmund und kleinen, spitzen Zähnen begegneten ihnen. Eine Gruppe lilafarbener Zwergtintenfische huschte vorbei. Und schließlich erblickte sie ein altes Holzschiff mit einem riesigen Loch am Bug. Die Seepferdchen erklärten Julia, wie sie sich im Wrack zu bewegen hätte. Sie hätte eine halbe Stunde Zeit, weil dann die Strömung das Schiffswrack hin und her schaukeln lassen würde. Ohne an die Öffnung zu stoßen, schwamm Julia durch die Öffnung des Wracks hinein. Innerlich atmete sie auf. Sie korrigierte den Sitz der Stirnlampe auf ihrem Kopf und mit dem Strahl leuchtete sie einen dunklen Gang aus, der anscheinend ins Endlose führte. Ihr Herz pochte. Worauf hatte sie sich nur eingelassen? Aber sie erinnerte sich an die Anweisung, sich zuerst links zu halten und dann ein Deck tiefer zu schwimmen. Mit einem kleinen Schlag ihrer noch ungewohnten Fußflosse bewegte sie sich ein Stück vorwärts. Sie machte Flossenschlag für Flossenschlag und kämpfte sich langsam vorwärts, bis sie unter sich eine leichte Strömung spürte. Sie senkte ihren Kopf und erkannte den Durchstieg ins untere Deck. Aber sie fühlte sich beobachtet und blickte hinter sich. Waren ihr die Seepferdchen gefolgt? Sie konnte nichts erkennen. Als sie sich zur Seite drehte, huschte ein lilafarbener Zwergtintenfisch vorbei und zwinkerte ihr zu. Sie war erleichtert, denn dieser Minitintenfisch war keine Gefahr. Mit einem kräftigen Flossenschlag schwamm sie durch die Öffnung ins unterste Deck. Eine edle Holzverkleidung an den Seiten ließ erahnen, was für ein schönes Schiff dies einst gewesen war. Die Treppe war weggebrochen. Teile davon lagen auf dem Boden des Unterdecks. Sie spürte eine Berührung und erstarrte. Eine riesige Angst-Blubberblase entwischte aus ihrem Mund. Sie schwenkte schnell zur Seite und sah eine Meeresschildkröte davonschwimmen. Erleichtert bewegte sie sich weiter nach unten und leuchtete den gesamten Laderaum aus. Es lagen etliche Holzteile herum, ebenso alte Leinensäcke, die ein schmutziges Braun hatten. Sie konnte sich nicht vorstellen, dass es hier etwas Wertvolles zu holen gab. Aus ihrem Mund kamen vor Aufregung ein Dutzend winziger Blubberblasen. Sie leuchtete jede Ecke des Laderaums aus. Bildete sie es sich ein oder winkte die Meeresschildkröte mit ihrer rechten Flosse? Sie schwamm näher zu dem Holzstapel. Sie entfernte das obere Holzteil, dann noch eines, und zuletzt ein weiteres. Sie hielt die Lampe auf den Holzstapel und entdeckte ein glitzerndes Etwas. Es konnte zu einer Kiste gehören. Ihr Herz pochte schneller. Sie erkannte den Metallbeschlag von einem größeren Gegenstand. Es war die Kiste. Aber die Zeit drängte. Hektisch blickte sie auf ihre zum Glück wasserdichte Armbanduhr. Nur noch zwei Minuten. Flink räumte sie die restlichen Holzteile zur Seite und befestigte gelbe aufblasbare Schwimmflügel an den Seiten der Kiste. Sie pustete die Schwimmflügel auf und die Kiste hob sich Zentimeter um Zentimeter. In diesem Moment ruckelte das Wrack. Die Strömung, von der die Seepferdchen berichtet hatten. Hastig schob sie die nun schwimmende Kiste vor sich her. Sie schwamm über die ehemalige Treppe ein Deck höher, als ein paar Planken neben ihr herunterknallten. Ein mulmiges Gefühl machte sich in ihrer Magengegend breit. Wieder entglitt ihr eine riesige Blubberblase aus dem Mund nach oben. Tapfer schob sie die Kiste weiter nach oben. Das Wrack neigte sich zur linken Seite und ein loses Brett streifte Julias Kopf. Sie hatte die Stirnlampe verloren. Nun musste sie sich auf ihr Gedächtnis und ihren Orientierungssinn verlassen.

Mit der rechten Hand tastete sie die Holzverkleidung entlang und mit der linken Hand schob sie die Kiste vor sich her. Das nächste Deck war erreicht. Sie fühlte die Holzwand auf der rechten Seite. Ein stärkerer Stoß erschütterte das Wrack. Sie musste sich beeilen. Endlich war die Öffnung, zu der sie hereingekommen war, zu sehen. Mit schnelleren Zügen bewegte Julia sich auf die Öffnung zu. Mit kontrollierten Bewegungen schob sie die schwimmende Kiste durch die Öffnung, um dann selbst hindurchzuschwimmen. Sie blickte nach oben und erkannte eine gewaltige Welle, die sich näherte. Sie konzentrierte sich und machte den stärksten Flossenschlag aller Zeiten. Sie war draußen, und die Welle brauste über sie und die Seepferdchen hinweg. Das Wrack kippte zur Seite und Holzteile lösten sich von ihm.

Julia klammerte sich fest an die schwimmende Schatzkiste. Ihre Freude war so groß, dass sie lauter kleine Blasen blubberte. Die Seepferdchen jubelten mit und schwammen aufgeregt im Kreis. Julia schloss sich ihnen an und schwamm auch im Kreis, bis ihr schwindelig war. Was würde Leif sagen, wenn sie überraschenderweise mit der Schatzkiste erschien?

Trotz starker Gegenströmung fanden Julia und die Seepferdchen zurück zum Tempel. Nun war Leif an der Reihe. Er musste seinem Vater verklickern, dass der ganze Schatz aus der Kiste nur dem Finanzamt gehörte und nicht, wie sein Vater dachte, auch für die Hochzeitsfeier mit Xenia zur Verfügung stand. Und Xenia wollte genau wie Leif eigentlich gar nicht. So erzählte es jedenfalls Leif.

Julia konnte König Neptun schließlich davon überzeugen, dass die Schatzkiste nur dem Finanzamt gehören konnte. Ansonsten würde es schlecht für Leif aussehen. Er würde sitzen, und zwar so lange, bis eine Summe von zehntausend Euro abgesessen wäre. Sie rechnete es König Neptun aus. Der Tagessatz betrug 50 Euro. 200 Tage rechnete Julia fix im Kopf aus. Die Zahl sagte mehr als tausend Worte. Leif durfte auf gar keinen Fall sitzen. Es hätte der Meermann-Ehre widersprochen. König Neptun blickte ernst.

Die drei waren sich einig. Julia war bereit, wieder in ihre Welt zurückzukehren. Da tauchte Xenia auf, Leifs Verlobte, wie Julia von König Neptun erfuhr. Und heiraten wollte sie doch, vor allem angesichts dieser verlockenden Schatzkiste. Julia rieb sich die

Augen. Xenia ähnelte der Figur auf dem Springbrunnen vor der Tauchschule, doch war sie in natura noch schöner. Ihre silbernen Fischschuppen glitzerten wie ein Regenbogen. Sie bewegte ihren Körper lasziv durchs Wasser. Zwei Muscheln bedeckten ihre Brüste und ihr langes, lockiges Haar war blond.

Julia fand die Situation merkwürdig. Anscheinend wusste Xenia von der Schatzsuche und Leif war für sie bestimmt. Julia spürte einen Stich in ihrem Herzen. Sie wollte es nicht zulassen.

Xenia glitt um Julia herum und begutachtete sie. Und Xenia war eifersüchtig. Sehr eifersüchtig. Sie beschimpfte Julia mit üblen Unterwasser-Schimpfwörtern. Eine Meerschnepfe sei sie. Und eine übelriechende Muschel. Und wie es sein konnte, dass sie diese Verwandlung als Menschenfrau gemacht hätte? Das könne nicht mit rechten Dingen zugegangen sein. Diesem Punkt stimmte Leif zu. Auch er habe sich schon gewundert, warum Julia wie eine Nixe aussah. Xenia schwante Übles. Sie habe von ihrer Großmutter von einer Legende gehört, dass eines Tages eine Menschenfrau die Unterwasserwelt auf den Kopf stellen würde. Leif meinte, dass Julia nur ihre Pflicht als Finanzbeamtin ausführte. Sie habe einen sehr starken Willen. Und mutig sei sie auch. Xenia stutzte. Das seien die Worte ihrer Großmutter gewesen. Eine mutige Menschenfrau würde alles umkrempeln. Leif meinte, dass Julia gar nichts umkrempelte. Sie würde nur eine Steuerschuld eintreiben, das sei alles. Xenia lachte. Ja, Leif sei ein fetter Fisch im Sinne des Steuergesetzes. Julia sagte, dass dies alles Unfug sei. Sie wollte auf gar keinen Fall was auf den Kopf stellen. Ihre Welt sei auf den Kopf gestellt worden. Und sie wollte wissen, wie sie wieder in die Menschenwelt zurückkönne.

Mit einem breiten Grinsen setzte sich Xenia auf die Schatzkiste und behauptete, dass keine tausend Seepferdchen sie davon mehr herunterbringen könnten. Das sei ihr Schatz. König Neptun erboste. Er wollte nicht, dass Leif in den Knast kam. Xenia lachte und erwiderte, dass ihm das ganz gut tun würde. Dann würde er mehr Freude an der Ehe mit ihr haben. Leif protestierte und forderte Xenia auf, die Kiste sofort an Julia zu übergeben. Xenias Blick verfinsterte sich. Julia würde die Kiste nur erhalten, wenn sie selbst herausfinde, wie sie zurück in die Menschenwelt kommen konnte. Leif drehte die Augen in Richtung der Schleusen. Julia sah Xenia herausfordernd an und meinte, das könne wohl nicht so schwer sein. Zielstrebig schwamm sie zu Xenia, die auf der Kiste hockte, und stieß sie mit einem Rippenstoß herunter. Blitzartig schnappte sie sich die Kiste. Mit der Kiste voran schwamm sie so schnell sie konnte. Obwohl sie den Schatz hatte, fühlte sie sich nicht glücklich. Sie wollte, dass Leif ihr folgen würde. Aber da waren ja seine Verpflichtungen gegenüber dem Meervolk und Xenia, mit der er verlobt war. Sie musste ihn aus ihrem Herzen verbannen. Sie weinte, aber es fühlte sich unter Wasser komisch an. Sie wollte wieder an ihre alte Welt denken, in der sich alles nur um Geld drehte. Das war so beruhigend. Aber seit sie Leif kannte, war da ein neues Gefühl in ihr. Und niemand konnte ihr sagen, warum sie die Verwandlung in eine Nixe durchgemacht hatte. Bestimmt war da eine magische Verbindung zwischen ihnen. Oder täuschte sie sich und die Verwandlung war nur Zufall?

Julia schwamm mit ungewöhnlicher Energie zu den Schleusen. Wie gute Freunde folgten ihr die Seepferdchen. Sie hatten Mitleid mit ihr und flüsterten ihr zu, dass sie die Schleuse links von der Schleuse, aus der sie herausgekommen war, nehmen musste. Sie müsse nur die Muschel, die seitlich an der Röhre klebte, heben, ans Ohr halten und »Ich will nach Hause« sagen. Julia blickte ein letztes Mal zurück, ob Leif ihr gefolgt war. Sie sah, wie Xenia ihn festhielt. Doch als Julia kurz vor der Schleuse war, riss er sich von Xenia los und war blitzschnell bei ihr. Zusammen mit Julia sprach er den Zauberspruch in die Muschel. Julias Herz schaukelte vor Freude. Es gab ein gewaltiges »Plopp!« und ein starker Luftstrom sog die beiden in die Röhre. Julias Haare trieften vor Meerwasser. Wassertropfen perlten ihr die Schulter herunter. Ihr Gesicht fühlte sich wie nach einer Gesichtsmaskenkur an. Ein Blick auf ihren Fischschwanz reichte. Aus ihrer Fischflosse schaute rechts ein Fuß heraus. Sie atmete erleichtert auf.

Oh, Luft, ja, Luft konnte sie auch wieder atmen. Aber ihre Bluse und ihre Unterhose waren klitschnass. Sie hörte einen hohen Ton wie von einer Sirene. Sie spürte einen überwältigenden Luftsog von oben. Ihr Körper vibrierte. Was war eigentlich mit Leif? War er immer noch hinter ihr? Da bemerkte sie, wie Leif sie mit beiden Armen am Bauch umschlungen hielt. Ein tiefer Ton dröhnte durch die Röhre und blitzartig schossen sie nach oben. Die Kiste war unglaublich schwer, aber Julia hielt sie krampfhaft fest. Und Leif umklammerte Julia. Sie war so glücklich wie nie. Sie war angespannt. Was würde mit ihrem Körper passieren? Nach nur einer Minute der gemeinsamen Reise durch die Röhre hatte sich ihr Körper wieder verändert. Die Fußflossen waren verschwunden und es hatten sich wieder Beine und Füße gebildet. Julias Kleidung war während der luftumströmten Fahrt wie durch einen Fön getrocknet worden. Überglücklich nahm sie einen tiefen Luftzug und lachte. Leif stimmte mit ein. Wie es ihm wohl ergangen war? Er saß hinter ihr und der starke Luftsog hinderte sie daran, sich umzudrehen.

Endlich, nach weiteren zwei Minuten, ließ ihre Geschwindigkeit schlagartig nach und sie donnerten in einen Raum, der kreisrund war. Leif schnippte mit den Fingern und die Wände teilten sich. Julia war überrascht. Sie standen im Inneren der Neptunfigur des Brunnens. Julia hüpfte, nur in Bluse und Unterhose gekleidet, barfüßig in den Brunnen. Sie spürte den glitschigen Brunnenboden unter ihren Füßen und es kitzelte. Sie liebte das Wasser jetzt. Leif sprang hinterher, die Kiste in den Händen.

Die Menschenwelt hatte Julia und Leif wieder. Aber sie schauten direkt in die erstaunten Gesichter von Herbert und seinen beiden Kollegen. Julia öffnete das rostige Schloss der Kiste und hob den Deckel an. Es glitzerte vor lauter goldenen Münzen. Sie griff nach ein paar davon, hielt sie triumphierend in die Höhe und rief mit fester Stimme »Fall erledigt, Kollege Herbert.« Herberts Blicke blieben an ihrer Unterhose kleben. Er schmunzelte. Sie sah, dass ihm ein frecher Spruch auf der Zunge lag, aber Leif schaute ihn grimmig an und Julia legte brav die Münzen zurück in die Kiste. Ohne sich groß anzustrengen, hob Leif die Schatzkiste aus dem Springbrunnen. Mit verunsicherten Blicken in Richtung Herbert schleppten dessen Kollegen die wuchtige Schatzkiste ins bereitstehende Auto.

Julia fühlte sich wie neugeboren. Sie hatte die Mission erfolgreich ausgeführt. Aber am wichtigsten war, dass Leif an ihrer Seite war. Herbert strahlte sie an. Er holte eine weiße Baumwoll-Einkaufstasche aus dem Auto. Er steckte seine Hand in die Tasche und streckte glorreich die Hand in die Höhe. Unzählige Quittungen hielt er fest. »Ich habe die Wette gewonnen, Julia.« Julia hielt inne. Die Wette. Sie hatte gar nicht mehr daran gedacht. Leif grinste sie an und drückte ihre Hand. Sie erwiderte den Druck und spürte, dass er ihr von nun an nicht mehr von der Seite weichen wollte. Hatte sie eben die Wette verloren: Es gab nun etwas Wichtigeres in ihrem Leben: einen Meermann, der ihre Liebe voll und ganz verdiente.

Barbara Senek

Herz der Fontäne

In diesem wunderschönen Staat Montana
Schenkte man mir drei Kilo Titan.
Das Herz tanzt im Rhythmus der schwebenden Rumba,
Beleuchtend ringsum alle Fontänen.

Unterwegs in unsere neue Welt
Fahren wir, von der glühenden Hitze schmelzend.
Aber wir wissen, nach dem Regen
Wird das kräftige Herz Licht ausstrahlen.

In die Meditationsmusik der Natur versunken,
Sehen wir helle ungewöhnliche Träume.
Erwachend malen wir unser Leben
Mit den himmelblauen und grasgrünen Wasserfarben.

Andreas Vohburger

Eingefroren

Dort vor der Laube sitzen sie
in einer klaren Winternacht.
Der volle Mond zeigt seine Pracht,
bescheint der Träumer Fantasie.

Sie sehen zu der Buche auf,
wo still vergeht ein Vogelnest.
Im Sommer ward noch Sangesfest,
doch hält kein Lied des Jahres Lauf.

Am wolkenlosen Himmelszelt
glimmt zahllos Sonnenschwesternschar.
Gleich welch Verdruss im Gestern war,
seh'n nächtlich sie herab zur Welt.

Der kleine Teich ist eisbedeckt,
erstarrt steht noch das tote Schilf.
Kein Sonnenstrahl eilt' ihm zu Hilf',
kein wärmend Zung' ihn hat geleckt.

Des Atems Dunst verziert die Luft,
er wölkt aus ihrem kalten Mund,
und trägt aus tiefstem Herzensgrund
ein Wort voll süßem Liebesduft.

Sie lehnt den Kopf an seine Brust,
er streichelt sanft ihr schwarzes Haar.
Des Zaubers dieser Nacht gewahr,
entflammt des jungen Blutes Lust.

Sie hebt den Blick, sie seh'n sich an,
und wie mit unsichtbaren Schnür'n,
die Lippe gegen Lippe führ'n,
wird kalte Lücke zugetan.

In Winternacht der Ewigkeit
ein Stück von ihrer Füll' entlieh'n.
Der Augenblick, er soll nicht flieh'n!
Wie eingefroren steht die Zeit.

Lucia Herbst

Wiedersehen

Mein Herz blieb stehen. Dieses Gesicht. Seit ich denken konnte, verfolgte es mich in meinen Albträumen. Ich hasste es, gleichzeitig sehnte ich mich nach ihm. Das Glockenspiel auf dem Turm des Neuen Rathauses sang das 17-Uhr-Lied. Unzählige Touristen versuchten, diesen Zauber mit ihren Handys einzufangen. Er stand einige Meter von mir entfernt mit ein paar Begleitern in der Menge, die Hände in den Hosentaschen seines perfekt sitzenden Anzugs, und blickte gelangweilt zum Glockenturm. Sie schienen nicht die typischen Touristen aus Asien zu sein. Eher Geschäftsleute und einen Kopf größer als die meisten Menschen auf dem Platz. Ich wünschte, ich hätte nicht genauer hingeschaut.

Ich musste hier weg. Dringend. Die Verabredung mit meinen Freunden auf dem Viktualienmarkt konnte ich vergessen. Wir wollten dort eine Kleinigkeit essen und den Münchner Sommerabend gemächlich ausklingen lassen, aber jetzt war mir der Appetit vergangen. Wenn ich nicht sofort verschwand, würde ich zu ihm gehen und ihn fragen, ob wir uns nicht kennen. Hin- und hergerissen zwischen der Angst vor ihm und der Sehnsucht nach ihm, siegte schließlich mein Selbsterhaltungstrieb. Mit einem Ruck löste ich mich von der Stelle, an der ich stand, und hastete durch die Menschenmenge zum nächsten U-Bahn-Eingang. Bereuen konnte ich meine Flucht noch später – weit weg von ihm. Wahrscheinlich fiel meine überstürzte Bewegung in dieser zauberhaft-trägen Zeitblase, die das Glockenspiel

am Marienplatz erschuf, zu sehr auf. Ich kam keine drei Schritte
weiter, da drehte er sich um und sah mir direkt ins Gesicht. Seine
mandelförmigen dunklen Augen weiteten sich, seine Lippen öffneten sich leicht. Ich kannte den Schwung dieser Lippen nur zu gut.
Mir wurde übel, ich erstarrte in meiner Bewegung.

Die Albträume des ganzen Lebens zogen an meinem inneren Auge
vorbei. Immer war er da, äußerlich unterschiedlich und doch unver-
kennbar er. Immer liebte ich ihn mit jedem Element meiner Seele.
Immer schwor er mir seine ewige Liebe und verriet mich am Ende
doch. Dann meine Hinrichtungen, schmerzhaft und entwürdigend,
unter dem Gejohle von Menschenmassen. Immer legte er mir danach tränenüberströmt einen kleinen goldenen Topf ins offene Grab,
während er in der anderen Hand eine blaue Blume mit goldenem
Stiel umklammert hielt.

Und wenn ich schließlich schweißbedeckt und mit rasendem Herzen im Hier und Jetzt aufwachte, hallte immer ein Vers in meinem
Kopf:

»Ich werde dich finden.

Die Blume dich binden.

Der Topf nimmt den Kummer.

Vergib und vergiss im ewigen Schlummer.«

Ich schüttelte den Kopf, um den Nebel meiner Träume aus dem
Bewusstsein zu vertreiben. Auch er schien in seinem Inneren gefangen. Sein Blick hatte sich verklärt, er stand regungslos da. Ich
nutzte den Augenblick und rannte los. Der dunkle U-Bahn-Eingang
versprach Rettung und Schutz. Dort unten würde ich mich in der
immer hastenden Menschenmenge verlieren. Bis zum Untergrund
reichte der Glockenzauber nicht.

Ich hatte die Treppe bereits erreicht, da legte sich ein Arm um
meine Taille und riss mich herum. Er war dicht bei mir. Ich erkannte
den leichten Geruch von Räucherstäbchen aus meinen Träumen.
Die Übelkeit verstärkte sich.

Widerwillig schaute ich hoch in sein Gesicht. Jegliche Farbe war daraus gewichen, der Kontrast zu seinen tiefschwarzen Haaren war nun noch größer.

»Wir müssen reden«, sagte er heiser. Sein Deutsch hatte einen weichen, singenden Akzent.

Diese Stimme vernebelte mir die Sinne. Sie breitete sich in mir aus, vibrierte in meinen Ohren, drang in mein Innerstes. Sie duldete keine Widerrede, das aber mobilisierte meine gesamte Wut. Ich stieß ihn von mir, er taumelte zwei Schritte zurück. »Ich habe Ihnen nichts zu sagen. Fassen Sie mich nie wieder an.«

Er fing sich und starrte mich ungläubig an. Seine beiden Begleiter waren ihm gefolgt. Wie Wachhunde standen sie neben uns und beobachteten schweigend die Situation.

Das Ganze war absurd. Ich drehte mich wieder zur Treppe.

»Yang Gui Fe.«

Ich blieb stehen. Verdammt. So nannte man mich in meinen Träumen. Er warf sein Netz aus. Doch anstatt so schnell wie möglich zu fliehen, begann ich, mich darin zu verheddern.

»Das ist nicht mein Name.« Ich ballte die Fäuste.

»Aber du kennst ihn.« Er sprach leise und vorsichtig, beinahe so wie mit einer wilden Katze, die man nicht verscheuchen will. Er würde mich nicht gehen lassen. Wenn ich jemals die Chance haben wollte, von ihm loszukommen, musste ich mich ihm jetzt stellen.

Meine Panik legte sich langsam und dahinter rührte sich ein neues, zutiefst menschliches Gefühl: Neugier. Warum hatte ich diese Albträume? Warum erkannte ich ihn und er mich? Was war das für eine Verbindung? Warum liebte und hasste ich ihn gleichzeitig? Liebte? Ja, liebte. Leider.

Ein Gespräch würde nicht schaden. In der Öffentlichkeit, unter Leuten. Was konnte da schon passieren?

»Mein Hotel ist gleich hier in der Nähe.« Immer noch der gleiche Rattenfängerton.

Ich drehte mich um und sah ihm in die Augen. »Wir gehen in das Glockenspiel-Café.«

Er lächelte schief. »Okay, dann reden wir zu deinen Bedingungen.«

Auf dem kurzen Weg zum Glockenspiel-Café schrieb ich meinen Freunden, dass ich mich verspäten würde, sie sollten nicht auf mich warten. Im engen Aufzug zur Aussichtsterrasse des Cafés stand er direkt hinter mir, seine Aura zog und zerrte an mir wie ein Tornado. Die Fahrt nahm kein Ende. Ich hätte die Treppe nehmen sollen. Meine widersprüchlichen Gefühle verwirrten mich. So kannte ich mich nicht. Ich wusste sonst immer, was ich wollte und was gut für mich war. Jetzt konnte ich es einerseits kaum erwarten, aus dem Aufzug auszusteigen, andererseits wollte ich mich nach hinten in seine Arme fallen lassen und mich an ihn lehnen. Wie eine Salzsäule stand ich da und hielt die Luft an, bis sich die Aufzugtüren endlich öffneten.

Auf der gut besuchten Terrasse zeigte uns ein Kellner einen Tisch für vier Personen mit zwei gegenüberliegenden Bänken. Ich setzte mich. Normalerweise hätte ich den Ausblick auf das neue Rathaus mit seinen vielen Türmchen genossen, heute aber war ich so angespannt, dass ich kaum etwas um mich herum wahrnahm. Da ich das Treffen so schnell wie möglich hinter mich bringen wollte, bestellte ich gleich einen Cappuccino. Mein Begleiter quittierte meine Eile mit einem verärgerten Blick und entschied sich für einen doppelten Espresso. Als der Kellner ging, machte er Anstalten, sich zu mir auf die Bank zu setzten. Ich schüttelte schweigend den Kopf und zeigte mit der Hand auf den Platz mir gegenüber. Er hob eine Augenbraue, blieb kurz neben mir stehen und glitt schließlich geschmeidig wie ein Panther auf die andere Bank. Mit einer Kopfbewegung gab er seinen Begleitern zu verstehen, dass sie sich entfernen sollten. Sie verbeugten sich synchron und suchten sich einen Platz in unserer Nähe.

Nun war ich mit ihm allein. Ich verschränkte die Arme vor meiner Brust, lehnte mich zurück und erwiderte seinen Blick. Sehnsucht und Macht lagen darin. Ich bekam eine Gänsehaut.

»Yang Gui Fe«, sagte er zärtlich und legte eine Hand mit der

Handfläche nach oben vor mich auf den Tisch. Glaubte er, ich würde seine Hand nehmen? Nein, er schien zu wissen, dass ich das wollte. Ich kämpfte gegen den plötzlichen Drang an, meine Finger mit den seinen zu verschränken. Wie eine Süchtige.

»Nochmal: das ist nicht mein Name!« Ich drückte mich fester in die Bank und spannte die Arme an.

»Würdest du mir dann deinen Namen verraten?«, fragte er sanft.

»Wozu? Ich kenne Sie nicht.« Ich schaute ihm fest in die Augen und streckte das Kinn vor. »Ach ja, ich kann mich nicht erinnern, Ihnen das ›Du‹ angeboten zu haben.« Nun war ihm hoffentlich klar, dass ich seine Hand nicht nehmen würde.

Er zog seinen Arm zurück, lehnte sich nach hinten und betrachtete mich nachdenklich.

»Wir kennen uns schon sehr lange, das wissen Sie. Nur, warum sind Sie vor mir davongelaufen?«

Er akzeptierte meine Grenzen. Oder wiegte er mich nur in Sicherheit, bevor er die Falle zuschnappen ließ?

»Soweit ich weiß, sind wir uns noch nie begegnet.« Ich weigerte mich, die Realität zu verlassen und mit einem wildfremden Mann über meine Träume zu reden.

Er lachte leise. »Oh doch, wir sind uns schon begegnet. Sehr oft und in vielen Leben. Von Anbeginn der Zeit sind wir füreinander bestimmt. Unsere Liebe ...«

»Stopp!« Ich wollte das nicht hören. Es war die pure Wahrheit und die größte Lüge meiner Existenz. Ich spürte es, aber mein Verstand sperrte sich dagegen. »Wenn Sie so etwas wie Seelenwanderung oder Wiedergeburt meinen, ich glaube nicht daran.«

Er beugte sich vor. »Wie erklärst du dir dann deine Erinnerungen?«

»Wir sind immer noch per Sie!« Mein Puls stieg. »Und das sind keine Erinnerungen, das sind verfluchte Albträume!« Ich sprang auf. »Ich verrecke übrigens immer am Ende. Manchmal sind Sie sogar der Henker! Letzte Woche bin ich jede verdammte Nacht gestorben.«

Nun war ich so aufgebracht, dass ich ihm am liebsten ins Gesicht geschlagen hätte.

Er sah mich entsetzt an, gleichzeitig wurde er blass. »Du ... du kannst dich auch daran erinnern?« Ich rührte mich nicht, starrte ihn nur wütend an. Stöhnend strich er sich über die Augen. Nach einigen Augenblicken stand er ebenfalls auf, verbeugte sich vor mir und sagte leise: »Ich habe viele Fehler gemacht. Es tut mir so leid. Du musst mir verzeihen. Vergiss diese Träume. Dieses Mal ...«

»Nein!«, unterbrach ich ihn. Vor Wut und Schmerz kamen mir die Tränen. »Kein dieses Mal und auch kein nächstes Mal! Genug!« Meine heftigen Gefühle überraschten mich. Auch wenn die Träume fuchtbar waren, so vor einem fremden Mann auszurasten, war mir äußerst unangenehm. Oder war da doch mehr? Konnten es tatsächlich Erinnerungen sein? Das würde zumindest erklären, warum ich mit solcher Heftigkeit auf vermeintliche Träume reagierte.

Die Menschen im Café und seine Begleiter drehten sich zu uns um. Einige tuschelten. Der Kellner hastete mit unseren Getränken an den Tisch. »Verzeihung, hat ein wenig gedauert, ist so viel los heute ...«, plapperte er darauflos und versuchte wohl die Situation zu entspannen.

Ich nahm die Welt um mich herum wieder wahr und setzte mich. Weil ich plötzlich einen intensiven Blick auf mir spürte, drehte ich mich um. Einer seiner Begleiter sah mich für einen Unbekannten zu lang und zu besorgt an. Aber kannte ich ihn wirklich nicht? Jetzt, beim genauen Hinschauen, kam er mir vertraut vor. Nicht so wie der Mann aus meinen Träumen mir gegenüber. Und doch ...

»Darf ich Ihnen vielleicht was Stärkeres bringen?« Der Kellner riss mich zurück in die Gegenwart. Er warf mir einen besorgten Blick zu.

Ich blinzelte, wischte meine Tränen weg und schüttelte den Kopf.

Mein »Traummann« setzte sich ebenfalls, und das erste Mal seit unserer Begegnung traute er sich nicht, mir in die Augen zu sehen. Jetzt waren es auf einmal doch Träume und ich sollte sie vergessen?

»Ich gehe. Ich weiß nicht, warum ich überhaupt hierher gekommen bin.« Ich wollte aufstehen.

Schweigend griff er in sein Jackett und legte eine goldene, altertümliche Haarnadel auf den Tisch, deren Ende mit einer filigranen blauen Blume geschmückt war. Ich hielt erstaunt inne und betrachtete das Schmuckstück. Es mutete antik an, erinnerte an eine kostbare Arbeit aus dem alten China.

Die zarten Blütenblätter riefen nach mir, sie lockten mich. Es schien ein sachter Wind durch sie zu streichen, sie wiegten sich kaum merklich. Die verschiedensten Blautöne durchzogen die Blüte und flossen ineinander wie Flüsse und Seen.

»Das ist meine Nadel«, entfuhr es mir leise.

Er lächelte wissend. »Ja, sie gehört dir. Ich habe dir diese Blume vor Beginn unserer Reise geschenkt. Als Zeichen meiner ewigen Liebe. Weißt du noch?«

Die Blume weckte so viel Liebe und Wärme in mir, dass ich Mühe hatte, mich von diesem Mann fernzuhalten. Ich keuchte und hielt mich krampfhaft an der Bank fest.

Er bemerkte es, und sein Lächeln wurde breiter.

»Ich hatte das Glück, sie in jedem Leben wiederzufinden und dir schenken zu dürfen. Wie jetzt. Sie gehört dir.« Er nahm die Blume sachte in die Hände und reichte sie mir. Durch die Berührung tobte das Blau der Blütenblätter in seinen Handflächen. Dabei verbeugte er sich langsam vor mir, ohne mich dabei aus den Augen zu lassen.

Meine Hände lösten sich von der Bank und bewegten sich zögernd in Richtung Blume. Seine Stimme und das Farbspiel vermischten sich. Da war wieder der Nebel, diesmal blau und durchsetzt mit dem Geruch von Räucherstäbchen. Darin erblühte die Blume und rief mit seiner Stimme nach mir. Ich musste die Blätter berühren. Nur einmal. Ich wollte mich in der blauen Symphonie verlieren, in die Farbe eintauchen und in seiner Stimme ertrinken. Dann wäre alles gut. Ich wäre glücklich. Vollkommen. Mit ihm verbunden bis ans Ende der Zeit. Ende. Der Zeit. Ertrinken. Blau. Ich hasste Blau.

Mein Verstand begann, sich wieder zu rühren. Was war das für eine Hexerei? Woher kamen diese süßlichen Rauchwolken in meinem Kopf? Ich blinzelte, riss meinen Blick von der Blume los und schaute ihm noch immer benommen in die Augen.

»Nein.« Meine Stimme klang schwach, doch ich war froh, überhaupt etwas sagen zu können. Ich zog meine Hände zurück, holte tief Luft, die letzten Nebelschwaden verschwanden aus meinem Bewusstsein.

»Nein!« Ich stand endgültig auf. »Ich weiß nicht, warum ich immer diese Albträume habe, oder – wie Sie es sagen – mich erinnere. Aber ich will, dass es aufhört. Ich will mit Ihnen nichts mehr zu tun haben. Jetzt nicht. Und auch in Zukunft nicht.«

Ich rannte aus dem Café und hastete die Treppe hinunter. Auf den Aufzug konnte ich nicht warten. Ich schaute hinter mich, aber er schien mir nicht zu folgen. Gut. Ich würde später wiederkommen und meinen Cappuccino bezahlen. Auf dem Marienplatz angekommen, eilte ich, so schnell es die Menschenmenge zuließ, zum Englischen Garten. Dort würde ich mich beruhigen und in dem Grün der Natur das hypnotische Blau dieser Blume vergessen. Dort angekommen, wanderte ich ziellos im Park am Chinesischen Turm und am Seehaus vorbei, immer weiter in Richtung Norden. Nach einigen Kilometern konnte ich wieder klarer denken. Hier waren nur wenige Menschen unterwegs und ich suchte mir eine schattige Bank in einem kleinen abgelegenen Weg. Die Baumkronen über mir berührten sich, sodass ich den Himmel nicht sehen konnte. Ich saß in einer kühlen, grünen Höhle. Kein Blau. Nur Grün. Die Bäume wiegten sich im Wind, die Blätter raschelten leise und meine Anspannung begann, sich zu lösen. Ich schloss die Augen und atmete tief ein. Es roch nach Gras, Erde und ... Räucherstäbchen.

»Dieses Mal werde ich alles besser machen! Ich verspreche es!« Ich fuhr heftig zusammen, als seine Stimme die Stille durchbrach. »Ich habe immer gewusst, dass wir wieder eine Chance bekommen. Und dann würde ich es besser machen. Ich hatte keine Wahl. Es hätte

Kriege gegeben. Aufstände. So viele wären gestorben. Ich konnte nicht so egoistisch sein. Du musst das verstehen!«

Ich erholte mich von dem Schreck. Seine Worte waren wie Ohrfeigen. Wenn das, was in meinen Träumen geschah, wirklich einmal so passiert war, hielt er mich wirklich für so dumm, dass ich ihm noch eine Chance geben würde?

Langsam richtete ich mich auf und unterdrückte den Drang, vor ihm zurückzuweichen.

»Nein, ich muss das nicht verstehen. Ich opfere mich nicht mehr. Man hat immer eine Wahl. Sie haben sich jedes Mal gegen mich entschieden. Nun entscheide ich mich: Für ein Leben ohne Sie.« Ich hob den Kopf und schaute ihm fest in die Augen. Es tat so gut und es tat so weh.

Seine Fassade bröckelte. »Du hast es immer gern auf dich genommen! Weil wir uns liebten. So egoistisch kenne ich dich überhaupt nicht!«

Es knallte. Ich hatte ihm eine schallende Ohrfeige verpasst. »Wie können Sie es wagen, mich egoistisch zu nennen, nach allem, was Sie mir angetan haben!« Nun hatte ich doch die Fassung verloren. »Und geliebt haben wir beide immer nur einen: Sie.«

Er lief rot an und packte mich an den Schultern. »Du solltest dich überhaupt nicht an das Schlechte erinnern! Ich habe dir die Blume gebracht! Ich habe für dich eine fremde Sprache gelernt! Ich bin zu dir ans andere Ende der Welt gereist. Ich habe dich trotz dieser andersartigen Hülle gefunden! Oder hast du etwa gedacht, du kannst dich vor mir verstecken, nur weil du deinen Körper änderst?«

Ich schlug seine Hände von meinen Schultern und taumelte vor ihm zurück. »Oh, tut mir leid, dass Sie so viele Umstände hatten! Aber der Zauber dieser verfluchten Blume wirkt nicht mehr! Das dumme Ding hat ausgedient!«

»Das werden wir noch sehen.« Wie eine Raubkatze war er mit einem Satz bei mir, packte meinen Arm und drückte mir die Blume in die Finger.

Entsetzt starrte ich auf unsere Hände, während er mich zwang, die Blüte zu umschließen. Langsam breitete sich ein Kribbeln in mir aus. Zu Beginn noch angenehm und beruhigend, steigerte es sich zu einem brennenden Schmerz, bis ich wie in einer unsichtbaren Feuersbrunst stand.

Er lächelte kalt und schien auf etwas zu warten. Ich mobilisierte meine gesamte Kraft, befreite meine Hand aus seinem Griff und schleuderte die Blume auf den Boden.

Sie zerbrach.

Die Zeit stand still.

Der Schmerz verflüchtigte sich wie eine Rauchwolke.

Dann hörte ich einen langgezogenen Schrei: »Neeeiiin!«

Er ging langsam in die Knie und sammelte mit zitternden Händen die Bruchstücke ein. Das Blau der Blütenblätter floss aus den Scherben über seine Finger und tropfte auf den staubigen Kiesweg.

»Was hast du getan?« Es war so viel Wut und Verzweiflung in seinen Worten, dass ich unwillkürlich vor ihm zurückwich.

Plötzlich trat einer seiner Begleiter zu mir. Es war der, der mir zuvor schon bekannt vorgekommen war.

»Sie muss die Blume freiwillig anfassen. Wusstest du das nicht?«, fragte er spöttisch in einer fremden Sprache. Es klang für mich wie chinesisch, und dennoch verstand ich sie.

Die Blume musste irgendeine Barriere in mir eingerissen haben. Die Träume waren tatsächlich Erinnerungsfragmente an meine früheren Leben. Unzählige Fragen stürmten auf mich ein, doch im Moment genoss ich die Gewissheit, dass ich nicht verrückt war.

Ming Huang – ich erinnerte mich wieder an seinen Namen – richtete sich auf, die staubigen Scherben der Blütenblätter immer noch in den Händen, und drehte sich langsam zu dem Mann an meiner Seite: »Du ... du hast mich verraten!«, sagte mein ehemaliger Geliebter ungläubig. Im nächsten Augenblick verwandelte Hass sein makelloses Gesicht in eine hässliche Fratze.

Sein Begleiter zuckte mit den Schultern. »Es wurde Zeit für

ausgleichende Gerechtigkeit. Ich habe es nicht mehr ertragen. Immer das Gleiche. Die Lügen, ihr Tod, deine Heuchelei.«

»Wie konntest du mir das antun?«, schrie er.

Da. Eine neue Erinnerung schob sich in mein Bewusstsein. Sie war anders als alle anderen zuvor, eine Draufsicht zwischen Tod und Wiedergeburt. Meine Seele hatte bereits den Körper, aber noch nicht die Erde verlassen. Ein Mann kam nach meinem Begräbnis zurück an das prächtige Grab, er weinte und entschuldigte sich, sprach vom eigenen Versagen als Leibwächter und nahm schließlich den verfluchten goldenen Topf mit. Es war die wichtigste Erinnerung meiner Existenz. Da war jemand, der mir half, mich diesem grausamen Teufelskreis zu entziehen.

Ich drehte mich zu dem Mann neben mir und lächelte ihn an. »Danke.«

Er trat zurück und verbeugte sich schweigend vor mir.

Ming Huang wollte auf meinen ehemaligen Leibwächter losgehen, doch ich trat dazwischen und stoppte ihn. »Genug«, sagte ich entschieden. »Diesmal hast du verloren. Lass mich gehen.« Er blieb geschlagen stehen.

»Komm mit mir«, sagte ich in dieser fremden Sprache und reichte meinem ehemaligen Leibwächter die Hand.

»Warte!« Ming Huang kam einen Schritt auf mich zu. Er streckte mir die Scherben der Blume entgegen. »Du liebst mich noch! Du hast mich immer geliebt!« Er fiel vor mir auf die Knie. »Geh nicht.«

Mitleid überkam mich. Ja, ich liebte ihn noch, zumindest das Wesen, das er zu Anbeginn der Zeit einmal war. Er stand vor den Scherben so vieler Leben.

»Ich werde unsere Liebe bewahren ...«

»Prinzessin, nicht!«, unterbrach mich mein ehemaliger Leibwächter und fuhr entsetzt zu mir herum. »Ich habe Euch die Erinnerung geschenkt, und dennoch wollt Ihr wieder zu ihm zurück?«

»Lass mich ausreden«, sagte ich sanft. Ming Huang sah mich hoffnungsvoll an. Ich erwiderte seinen Blick und holte tief Luft.

»Ich werde unsere Liebe bewahren, wie sie am Anfang war, aber nun ist diese verfluchte Beziehung vorbei.«

Zu meinem Leibwächter gewandt fuhr ich fort: »Du hast mir geholfen, aber retten werde ich mich selber.«

Ming Huang senkte den Kopf und schien in sich zusammenzufallen. »Du gibst uns auf? Einfach so?«, fragte er leise. »Früher hast du an diese Liebe geglaubt. Und nicht nur du, auch die Menschen. Es gibt Legenden und Märchen über uns.«

»Ich kenne diese Märchen nicht. Wenn es sie gibt, dann hoffentlich ohne Happy End für den Prinzen.«

Ming Huang schien zu verstehen. Ich sah auf das kauernde Elend vor mir. Ja, ich liebte ihn noch. Aber auch das Leben und die Freiheit. So oft hatte ich alles seinetwegen verloren. Das erste Mal in meinem Dasein würde ich mich nun für mich entscheiden. Für ein Leben nach meinen Bedingungen. Ohne Opfer. Ein solches Leben und ihn konnte ich anscheinend nicht haben. Die unzähligen Fehlversuche sprachen für sich.

»Ich erinnere mich. Ich weiß, wer du bist. Vor allem aber weiß ich, wer ich bin. Endlich.«

Beflügelt durch meine Erkenntnis, ging ich an ihm vorbei. Je weiter ich ihn zurückließ, desto sicherer war ich, dass die Albträume nun aufhören würden. Ich hatte eine Verabredung mit meinem Leben. Mein ehemaliger Leibwächter folgte mir.

Mein Herz raste vor Aufregung.

Ich war frei.

Kristin Fieseler

Nur wenn du willst

Du bist die Raupe im Schafspelz.
Im Sonnenlicht erwischt dich ein Strahl und
du erstarrst vor Stolz. Nur du
kennst die Antwort des Herzens.

Du hinterlässt Spuren auf den Meereswellen.
Du ziehst an den Fäden des Lebens.
Ich bewege mich im Takt und spüre
meine Zerbrechlichkeit.

Mit dir fliege ich bis zum Mond
und zurück.
Und noch weiter.
Nur wenn du willst.

Sarah Malhus

Herz

Mein Herz flammt auf
und verglüht.
Deine Hitze hat es überstrahlt,
verzehrt
und letztendlich verbraucht.
Der Wind hat die Asche meines Herzens weit davongetragen,
weit weg von dir.
Doch die Glut bleibt,
eingeschlossen darin
das Echo unserer Liebe.
Das Rot erleuchtet die Nacht
und macht mich abermals zu deinem Ziel.
Deine Arme schließen mich ein,
als wolltest du mich nie mehr gehen lassen.
Doch der Wind ist unerbittlich
und trägt mich letztendlich doch
fort von dir.

Claudia Windirsch

Marie und die Essenz des Lebens

»Es wird wohl noch genug Platz für uns beide auf dieser Bank sein!«, rief Marie aus. Da hatte sich doch tatsächlich ein älterer Herr hier auf ihre Bank im Englischen Garten gesetzt und sie dabei mit dem Ellenbogen angestoßen. Empört rückte sie ein Stück von dem rücksichtslosen Zeitgenossen ab.

»Danke für das liebenswürdige Angebot«, gab der ältere Herr schmunzelnd zur Antwort und machte es sich auf seinem Platz bequem.

»Es ist so ein schöner Tag heute«, sagte der Mann, »die Sonne scheint, die Vögel zwitschern, die Eichhörnchen springen herum und Sie starren nur vor sich hin und sehen das alles gar nicht.«

»Das geht Sie gar nichts an«, erwiderte Marie verärgert. Nicht einmal hier in einem ansonsten ruhigen Winkel im Nordteil des Englischen Gartens konnte man in Ruhe seinen Gedanken nachhängen. Am kommenden Wochenende würde sie fünfzig Jahre alt werden. Und was war in dieser Zeit passiert? Sie war zwanzig Jahre lang verheiratet gewesen – ihr Mann war vor fünf Jahren gestorben – und ihr Sohn war erwachsen geworden. Aber was hatte sie selbst mit dieser Zeit angefangen?

»Oh«, entgegnete der Mann, sie aus ihren Gedanken reißend, »das geht mich so viel an, wie Sie damals eine Klassenkameradin ihres Sohnes anging, für die Sie einmal eine Geburtstagsfeier veranstaltet haben, weil die Eltern sich das räumlich und finanziell nicht leisten konnten.«

»Woher wissen Sie das?«, fragte Marie überrascht. »Sind Sie ein Verwandter dieser Familie?«

»Verwandt ...«, wiederholte der Mann nachdenklich. »Verbunden sind wir doch alle miteinander – ob verwandt oder nicht.«

Marie sah ihren Banknachbarn prüfend an und begann dann zu erzählen:

»Ich bin jetzt fast fünfzig Jahre alt und ich habe in letzter Zeit auf mein bisheriges Leben zurückgeschaut und festgestellt, dass ich nichts wirklich Großes und Bleibendes geschaffen habe. Manche Leute gründen Firmen, machen große Filme als Schauspieler oder Regisseure, sind bekannte Maler, Wissenschaftler, stellen Rekorde im Sport auf ... Ich habe nichts dergleichen gemacht. Und mein Leben geht schon ins letzte Drittel und es wird nichts weiter übrigbleiben als meine kleine Habe und ein paar Fotos.«

»Und wenn ich Ihnen sage, dass Sie viel Wichtigeres geleistet haben als irgendeinen Weltrekord aufzustellen?«, entgegnete der Mann. »Kommen Sie mit, ich werde es Ihnen beweisen.«

Damit nahm er die sprachlose Marie an der Hand und zog sie von der Bank hoch. »Steigen Sie auf meine Füße«, befahl er, »und halten Sie sich an mir fest!« Marie war so überrascht, dass sie seiner Anordnung widerspruchslos folgte. Sie trat auf seine blitzsauberen Schuhe und hielt sich an seinem glattgebügelten Jackett fest. Plötzlich brauste es um sie herum. Erschrocken verbarg sie ihren Kopf an seiner Brust, denn sie hatte das Gefühl, als trüge eine Sturmbö sie durch die Luft. Als das Brausen wieder leiser wurde und sie festen Boden unter den Füßen spürte, hob sie den Kopf und sah sich vorsichtig um. Sie fand sich in einem Raum voller Bücher wieder, die sorgfältig in Regale einsortiert waren.

»Es besteht keine Gefahr«, sagte der Mann, »Auf unserer Reise kann uns sowieso niemand sehen oder hören. Sie können meine Füße jetzt also gerne verlassen.« Verlegen ließ Marie das Jackett los und trat auf das helle Parkett. Sie sah sich um.

In einer Ecke des Raumes jenseits der Regale befand sich ein roter

Tisch, umgeben von bunten Stühlen, auf denen kleine Kinder saßen. Marie trat näher. An der Kopfseite befand sich eine Frau, die ihr irgendwie bekannt vorkam.

»... und wenn sie nicht gestorben sind, leben sie heute noch«, schloss die Frau gerade und klappte das vor sich liegende Buch zu. Aus der Gruppe der Kinder krähte eine Stimme:

»Der Prinz hat sich ganz schön was getraut.«

»Das stimmt«, antwortete die Frau. »Er hätte nach Hause gehen und sich aufs Sofa legen können. Aber das hat er nicht gemacht, denn die Prinzessin war ihm nicht egal. Und wie die Prinzessin sich dann gefreut hat, als sie von dem bösen Drachen befreit war und diesen lieben Prinzen kennengelernt hat! Worüber habt ihr euch denn schon mal so richtig gefreut?«

Die Kinder gaben Antworten, die von einem Rummelplatzbesuch über ein Clown-Eis bis zu einer Kitzelpartie mit den Eltern reichten.

»Und du?«, kam eine dünne Stimme aus dem Hintergrund. Die Frau sah erstaunt auf das fragende Mädchen und antwortete dann:

»Für mich hat die Mutti eines Schulfreundes mal eine Geburtstagsfeier veranstaltet. Meine Eltern hatten nicht viel Geld und unsere Wohnung war sehr klein. Die Frau hat die Feier in ihrem Garten stattfinden lassen und alle meine Freunde dazu eingeladen. Wir haben die besten Windbeutel der Welt gegessen, viele Spiele gemacht und kleine Gewinne bekommen. Das habe ich mein Leben lang nicht vergessen.« Die Frau machte eine kleine Pause und spielte dabei ein wenig mit dem zugeklappten Buchdeckel. Dann sah sie die Kinder wieder an und fuhr fort: »Und euch hoffe ich auf diese Weise auch eine kleine Freude zu machen, nämlich indem ich euch ab heute immer wieder lustige und interessante Geschichten vorlese.«

Nach diesen Worten betrachtete Marie die Frau noch einmal eingehend und erkannte sie tatsächlich als die damalige Mitschülerin ihres Sohnes wieder. Marie drehte sich um und sah gerührt ihren Begleiter an. Dieser nickte ihr zu, winkte sie zu sich und hieß sie ein weiteres Mal auf seine Füße steigen. Nachdem sie das getan hatte, brauste es von neuem und sie fand sich im nächsten Augenblick neben ihrer alten Parkbank wieder.

»Sehen Sie«, begann der Mann und ließ sie absteigen, »Sie haben Herz gezeigt und Ihre gute Tat hat sich fortgesetzt.«

»Schon«, wiegelte Marie ab, »aber da habe ich ja nur im Bekanntenkreis etwas bewirkt und das ist ja auch schon lange her.«

»Dann zeige ich Ihnen jetzt noch etwas anderes«, erwiderte der Mann, zog Marie an der Hand zu sich und deutete auf seine Füße. Marie stieg auf, hielt sich wieder an dem Mann fest und wartete auf das Brausen. Einen Moment später fand sie sich in einem kleinen Garten wieder. Am Zaun stand ein Mann und stutzte die Thujen mit einer Heckenschere. Marie näherte sich ihm neugierig und betrachtete ihn eingehend. Den kannte sie aber sicher nicht. Fragend sah sie sich nach ihrem Begleiter um. Dieser lächelte nur und bedeutete ihr, durch die Terrassentür ins Innere des Hauses zu gehen. Sie marschierte los. Das Haus war zweckmäßig und sehr robust eingerichtet. Sie streifte durch das Wohnzimmer mit einer in die Jahre gekommenen Couchgarnitur und einem alten Fernseher und gelangte dann in die Essküche mit dem kleinen Gasherd und einem abgeschabten Küchentisch mit sechs Holzstühlen. Dann lief sie die kleine Treppe hoch und während sie noch überlegte, welches der vier vom Flur abgehenden Zimmer sie betreten sollte, kam der Mann aus dem Garten hoch und steuerte auf die kleine Kammer rechts hinten zu. Er öffnete die Tür und ließ sie offenstehen, während er in seinem Kleiderschrank herumkramte. Marie trat ebenfalls ein, sah sich kurz um und ging dann zu einem kleinen Schreibtisch in der Ecke. Sie sah dort einige Papiere herumliegen, unter anderem einen Mietvertrag über ein Zimmer in einer Wohngemeinschaft und einen Vertrag über eine Arbeitsstelle als Gärtner. Fragend sah sie wieder zu ihrem Begleiter, der sie auf ihrer Entdeckungsreise beobachtete. Sein Blick wanderte zu dem Nachtkästchen neben dem dunklen Holzbett. Marie folgte ihm und trat näher. Da stand eine kleine viereckige Dose, dunkelblau, verziert mit einem gelben Mond und vielen kleinen und großen

Sternen. Marie hielt inne. Diese Dose kannte sie. Inzwischen hatte der Mann einen Pullover gefunden und war mit ihm ins gegenüberliegende Badezimmer verschwunden. Beide Türen zwischen ihnen waren geschlossen. So wagte es Marie den Deckel der Dose zu öffnen. Es erklang, wie sie erwartet hatte, die Melodie von »Guten Abend, gute Nacht«. Tatsächlich hatte sie so eine Spieldose einmal verschenkt. Während die Musik spielte, durchstöberte sie die darin liegenden Papiere. Neben einigen abgegriffenen Fotos stieß sie auf ein himmelblaues Briefpapier, das sie gut kannte. Sie faltete den Zettel auseinander und las, in ihrer eigenen Handschrift geschrieben:

Ich wünsche ein frohes Weihnachtsfest und ein gutes und gesundes neues Jahr! Marie

Tatsächlich hatte sie im vergangenen Jahr diesen Zettel zuoberst in ein Weihnachtspäckchen gelegt, das sie im Advent für einen obdachlosen Mann bei ihrer Kirchengemeinde abgegeben hatte. Den Aufruf, solche Päckchen für ein Obdachlosenheim zu packen, hatte sie Anfang Dezember in den Ortsnachrichten gelesen. Neben den vorgeschlagenen Gebrauchsgütern wie Zahnpasta, Seife und Rasiercreme hatte sie diese Spieldose zusätzlich hineingetan, eigentlich nur weil noch ein wenig Platz gewesen und ihr dieses Stück, das sie bei einer Tombola gewonnen hatte, passend erschienen war. Sie faltete den Zettel wieder zusammen und stieß beim Zurücklegen auf ein Schwarz-Weiß-Foto mit einem kleinen Jungen, der fasziniert auf eine tanzende Ballerina auf einer Spieldose blickte. Auf der Rückseite stand: Hansi mit seinem Gute-Nacht-Lied vor dem Schlafengehen.

Inzwischen war ihr Begleiter zu ihr getreten.

»Hans hatte noch einen kleinen Anstoß gebraucht, um wieder Mut zu fassen und die Kraft zu finden, dem Leben auf der Straße doch noch zu entkommen. Die Spieldose gab ihm diesen Anstoß mit diesem Lied«, erklärte er. »Aber sicher haben Seife, Rasierschaum und die Einwegrasierer auch nicht Unwesentliches geleistet«, ergänzte ihr Begleiter und schmunzelte. Marie lächelte ihn froh an. Schnell legte sie das Foto auf den himmelblauen Zettel zurück und schloss den Deckel. Plötzlich wurde die Tür geöffnet. Der Mann namens Hans hielt seinen Kopf in das Zimmer, blickte in Richtung Bett und lauschte kurz. Dann schüttelte er den Kopf, schloss die Tür und ging die Treppe hinunter.

Der Begleiter sah Marie an, diese nickte, stieg auf seine Schuhe und im nächsten Augenblick befanden sie sich wieder im Englischen Garten neben der Parkbank.

»Es ist schön«, sagte Marie, »dass mein Geschenk auf Hans so eine Wirkung hatte. Aber das war doch reiner Zufall.« Sie setzte sich auf die Bank.

»Ob Zufall oder Bestimmung«, erwiderte der Mann und setzte sich neben sie, »wenn Sie nicht Herz gezeigt und das Weihnachtspäckchen gepackt hätten, hätte Hans dieser Anstoß gefehlt und er wäre nicht da, wo er jetzt ist.«

»Das stimmt schon«, gab Marie zu, »aber so richtig mit Ausdauer, Anstrengung und Leidenschaft ein wichtiges Projekt zu verfolgen, das habe ich verpasst«, bedauerte Marie.

»Wir werden sehen«, entgegnete der Mann und nahm Marie bei der Hand. Als sie jedoch wieder auf seine Füße steigen wollte, tat er ein paar Schritte von ihr weg und sagte mit gespieltem Tadel: »Na na, wir wollen doch nicht faul werden! Wir gehen jetzt mal ein Stück zu Fuß.« Marie wunderte sich, folgte aber dem Mann, der den Weg in Richtung Biergarten »Aumeister« einschlug. Eine Weile gingen sie schweigend nebeneinander. Schließlich kam ihnen ein junger Mann entgegen.

»Mutti«, sprach er Marie an und umarmte sie, »so ein Zufall! Ich bin auf dem Weg zu dir. Anne holt Laura gerade vom Kindergarten ab und in der Zwischenzeit wollte ich einen kleinen Kurzbesuch bei dir machen. Wohin gehst du denn?«

»Peter! Dass ich dich hier treffe!«, rief Marie erfreut aus. »Wir gehen hier gerade ein bisschen spazieren.«

»Wir?«, fragte er nach. Marie sah sich nach ihrem Begleiter um. Dieser machte eine abwehrende Geste und schüttelte den Kopf.

»Ja …«, stotterte Marie, »meine Gedanken und ich«.

»Darf ich mich euch anschließen?«, fragte Peter lächelnd und legte den Arm der Mutter in seinen. »Ich möchte nämlich etwas mit dir besprechen. Du hast doch am Wochenende Geburtstag. Wir könnten alle zusammen einen Ausflug an den See machen, mit dem Schiff fahren und schön essen gehen.«

»Ja gerne«, stimmte Marie zu. »Ein Ausflug in die Natur gefällt mir immer.«

»Apropos, hast du das Eichhörnchen über den Weg flitzen sehen?«, warf er ein. »Jetzt klettert es den Baum dort hoch.« Marie folgte Peters begeistertem Blick. Hie und da ein paar Tiere beobachtend spazierten sie noch eine Weile durch den Park, und während Peter dies und das erzählte, waren sie wieder bei Maries bevorzugter Parkbank angekommen.

»Jetzt muss ich allmählich wieder zurück. Ich will mit Anne zusammen kochen und nach dem Essen dann mit Laura ein Tipi aufbauen. Soll ich dich noch nach Hause bringen?«

»Nein, danke«, antwortete Marie. »Ich setze mich an diesem schönen Nachmittag gerne noch einmal auf die Parkbank.«

»Das mit deinem Geburtstag ist dann abgemacht, ja? Ich rufe noch an, wann wir dich abholen.«

Damit verabschiedete sich Peter und trat den Rückweg an.

Marie setzte sich auf die Bank. Der Mann war ihnen auf ihrem Spaziergang in respektvoller Entfernung gefolgt. Dennoch ging Marie davon aus, dass er über das Gespräch Bescheid wusste. So setzte er sich jetzt neben sie und sah auf die vor ihnen auf dem Boden herumhüpfenden Spatzen. Auch Marie betrachtete diese lebhafte Szene.

»Ja, Sie haben Recht«, begann sie schließlich. »Ich habe ein sehr langfristiges Projekt mit Anstrengung, Ausdauer und viel Liebe erfolgreich durchgeführt. Mein Sohn ist ein sehr liebenswerter Mensch – offen, sozial, herzlich, lebensfroh. Wir haben ihm eine gute Ausbildung ermöglicht. Ich habe versucht, ihm alles Rüstzeug mitzugeben, das er für ein gutes und glückliches Leben braucht, und das habe ich gerne gemacht. Und ja: Was man mit dem Herzen macht, das gelingt einem dann auch am besten.«

Sie machte eine kurze Pause.

»Ich möchte mich bedanken …« Bei diesen Worten wollte sie sich ihrem Banknachbarn zuwenden, aber der war plötzlich nicht mehr da. Sie sah sich um, aber nirgends war mehr etwas von ihm zu sehen oder zu hören. Was sie hörte, war das Zwitschern der Vögel auf den Bäumen, das Rauschen der Äste im Wind und das Plätschern des kleinen Baches, der neben dem Weg floss. Und was sie sah, waren die Eichhörnchen, die die Baumstämme hochkletterten und zwischen den Ästen herumsprangen, die Spatzen, die an den Bänken nach Brotkrümeln pickten, die Hunde, die auf den Wiesen Bällen nachjagten, und die Menschen, die an Marie vorbeikamen, ihren Blick zaghaft auffingen und ihren Gruß dann freundlich erwiderten. Sie nahm die warmen Sonnenstrahlen auf ihrer Haut, den leichten Windhauch über ihre Wangen, den süßen Duft der blühenden Linden wahr.

Und sie lächelte.

Liubov Falke

Meinem Einzigen

Wenn ich ein Falke wäre,
Wär' ich zu Dir geflogen
Über dem Regenbogen,
Hohen Bergen und breiten Meeren.

Harten Umständen zuwider,
Trotz der geschlossenen Grenzen
Könnten sich liebende Herzen
Treffen, nun endlich wieder.

Aber uns bleiben vorläufig
Nur lange Onlinegespräche,
Sei es mit Störungen häufig –
Wichtig für mich ist Dein Lächeln.

In diesen glücklichen Stunden
Kann ich Deine Stimme hören,
Dein liebes Gesicht bewundern,
Möge nur niemand uns stören.

Tausende Kilometer
Falteten sich jetzt zusammen.
Zwischen uns bloß ein paar Millimeter,
Als wären wir wieder beisammen.

Schade, dass wir nicht können
Durch den Bildschirm einander küssen.
Man kann sich daran nie gewöhnen,
Uns're Wünsche verheimlichen müssen.

Auf Dich hab' ich so lange gewartet,
Meinen Traum nie aufgegeben.
Er ist in das Weltall gestartet,
Um Dir meine Liebe zu geben.

Von verschiedenen fernen Wegen
Zueinander jedoch gekommen,
Haben wir lang erwarteten Segen
Von dem Schicksal und Himmel bekommen.

Was ist die Liebe? –
Das schönste Gefühl auf der Erde!
Bin glücklich, dass ich Dich liebe
Und bald Deine Frau werde.

Ich habe Dich einst erträumt
In meinen schlaflosen Nächten.
Den Schicksalszug aber versäumt,
Hatte bis jetzt keinen Rechten.

Jemand hat es gesagt,
Wer suchet, der immer findet,
Dann hat er es wirklich gewagt
Und sich jetzt sehr glücklich empfindet.

Ich danke dem Zufall und Himmel,
Uns beiden dank' dafür auch.
Vorvorigen Herbst schon in erster E-Mail
Spürten wir gleich Frühlingshauch.

Dann Dein Besuch im verschneiten
                              Moskau ...
In der magischen Neujahrsnacht
Haben wir uns nach altem Volksglauben
Uns're sehnlichsten Wünsche erdacht.

Sie erfüllten sich nun allmählich,
Legten uns frei den Weg zum Licht.
Leider sind jetzt unüberwindlich
Gewisse Umstände – der Weg ist dicht.

Gott sei Dank konnten wir vieles schaffen,
Als die Welt noch in Ruhe war ...
Hab' verstanden, Du bist mein Hafen.
Uns're Liebe ist schön und wahr.

Jeder von uns hat im Leben
Noch eine Seite gewendet,
Um jetzt gemeinsam zu schreiben
Uns'ren Liebesroman, der nie endet.

Uns'ren langen Liebesroman,
Voll von unglaublichen Abenteuern,
Den wir jetzt schon von Anfang an
Tag für Tag zu zweit leben und steuern.

Deinen Moskauer Aufenthalt
Werde ich nie vergessen,
Wie auch unsere Zweisamkeit
In Deinem schönen Land Hessen.

Du bist mein Schicksal,
Meine Liebe, mein Leben.
Du bist mein Glücksfall,
Will ihn ewig erleben.

Du bist mein Lied.
Es tönt stets im Herzchen.
Bin sehr verliebt
In Dich wie ein Mädchen.

Fünfundsechzig mit Plus
Ist für uns noch kein Alter.
Immer noch ist der Kuss so süß,
Und das Leben geht immer weiter.

In so kurzer Zeit bei Dir
Konnten wir viele Orte bereisen.
Schöne Eindrücke noch frisch in mir
Auch nach Auslandsreisen.

Mir gefällt Deine Spontaneität.
Oft ohne viel nachzudenken,
Mit jeder neuen Aktivität
Konntest mir Freud' immer schenken.

Jeder Tag war bei uns erfüllt
Mit interessanten Sachen.
Wir haben uns wohl gefühlt,
Scherzend brachtest Du mich zum Lachen.

Du machtest mich gleich bekannt
Mit Deinen Nächsten und Freunden.
Sie haben mich anerkannt,
Waren froh, sich mit mir anzufreunden.

Bin sicher, es wird uns nie
Zu zweit traurig und langweilig.
Wer kann das aber verstehen, wie,
Wie uns'ren Herzen ist heut' unheimlich?

Früher war ich nie geborgen
So sicher, wie jetzt mit Dir.
Du bist als Siegfried geboren,
Frieden und Schutz brachtest mir.

Mein Name bedeutet auf russisch Liebe,
Bringe den Menschen das Gute und Licht,
Lehre achten einander und lieben –
Es ist meine innere höchste Pflicht.

Für mich ist es ein großes Wunder!
Geboren in verschiedenen Ländern,
Wir können einander bewundern
Und unser Leben ganz völlig ändern.

Deine Muttersprache hab' ich beherrscht
In der Schule, dann an der Uni wieder.
Einst erfuhr, dass mein Sternzeichen
       »Widder«
Über Deinem Heimatland herrscht.

Ich kann jetzt mir das schon erklären
Gegenseitige Liebe zur Sprache,
Wenn ich in meinen Nachtträumen kehre
Zur ersten Deutschstunde vor dem
       Erwachen.

Es war so, als ob mir die Sterne
Schon damals den Weg zu Dir zeigten,
Die Milchstraße leuchtete von der Ferne,
Konnte mich bis zum Ende leiten.

Mein Lieblingsmensch, ich werde nie müde,
Das immer wieder zu wiederholen,
Dass ich mich sehr freuen würde,
Versäumtes mit Dir nachzuholen.

Wie Du bin ich auch sehr reiselustig.
Obwohl mein vergangenes Leben
War arm an Reisen und nicht so lustig,
Nach breiten Kenntnissen war mein
       Streben.

Ich konnte mit TV-Helden reisen
Oder Reiseberichte lesen.
Man kann das als kein Glück preisen
Und sich gelten als super belesen.

Man muss mit den eigenen Augen
Fremde Länder, Landschaften sehen,
Andere Menschen dort kennen lernen,
Um sie besser heut' zu verstehen.

Ich liebe sehr Deine Muttersprache
Und bringe Dir jetzt auch Russisch bei.
Es ist für Dich keine leichte Sache.
Du zeigst aber Interesse dabei.

Irgendwann bricht ein neuer Tag an,
Und Du kannst schon selbständig lesen
Deinen ersten russischen Roman
Und wirst Dich keinmal verlesen.

Unterm Druck meiner Erinnerungen
Verschwindet lange Entfernung im Nu,
Und dann bleiben, wie hingezaubert,
Auf der ganzen Erde nur ich und Du …

Mein Tagebuch und Tausende Bilder
Geb'n der Vergessenheit keine Chance.
Wie in einem mehrteiligen Film
Leben auf alle Augenblicke,

Die wir damals zusammen erlebt hab'n,
Deine schöne Umgebung, Mitmenschen
Mit ihren alltäglichen Sorgen,
Jeder Blick, jeder Klang, jede Farbe.

Naturschutzgebiete in Deiner Nähe –
Kühkopf in Stockstadt, das Felsenmeer
Im Odenwald, Burg Frankenstein
In Mühltal bei Darmstadt,

Weinberge am Rhein und an der Mosel,
Unzählige Kirchen, Museen und Schlösser.
Besonders beeindruckend war Schloss
Heidelberg – Inbegriff der deutschen
                      Romantik.

Kurze Erholung im Oberallgäu
In Obermaiselstein im Ferienhaus
Mit schönen Aussichten auf die Alpen im
                      Schnee,
Kleine gemütliche Orte im Tale.

In Friedrichshafen am Bodensee,
Wo am Ufer, fast zahm, Möwen wohnen,
Besuchten wir das Zeppelinmuseum,
gewidmet der Geschichte von Luftschiffen.

Die Fahrt auf die drittgrößte im Bodensee
Paradies-Blumeninsel Mainau
Mit ihrem schönen Schmetterlingshaus,
Bewohnt von vielen exotischen Arten.

Inspiriert durch die prachtvolle Schönheit
Der Blumeninsel Mainau,
Gab der niederländische Dirigent und
                    Geiger André Rieu
Mit seinem Johann Strauß Orchester

Dem Publikum das Konzert vor dem Schloss
Der gräflichen Familie Bernadotte.
Er ist jetzt auch mein Lieblingskünstler.
Und ich danke Dir, dass Du für mich

Diesen Namen entdeckt hast.
Genauso hast Du von mir erfahren
Vom jungen kasachischen Sänger Dimash,
Der innerhalb kurzer Zeit weltberühmt
                            wurde.

Weiter waren neogotisches Schloss
                    Hohenschwangau,
Wo der König Ludwig II.
Den größten Teil seines Lebens verbrachte,
Und das märchenhafte Schloss
                    Neuschwanstein,

Schloss und Park auf Herrenchiemsee
Mit dem König Ludwig II.-Museum.
Hin und zurück fuhren wir mit dem Schiff,
begleitet von schreienden Möwen.

Erinnerst Du Dich daran,
Wie wir in Oberstdorf im Oberallgäu
Die Flugschanze mit einem Schauplatz
Und einem Museum besucht haben?

Wie wir, gestiegen nach oben
Mit der modernen Seilbahn,
Das schöne Panorama der Umgebung
Beim sonnigen Wetter genossen haben,

Wie mir dort die Kellnerin im Biergarten
Die versalzene Gulaschsuppe gebracht hat.
Obwohl ich schon sehr hungrig war,
Konnte ich diese Speise nicht essen.

Dann konnte die nette Frau
Dieses nicht essbare Gericht problemlos
Durch einen Fitnesssalat ersetzen.
Hat dabei mit einem schuldbewussten
       Lächeln erklärt,

Der Koch hätte sich wohl verliebt.
Ich denke, er hat diese »Pechsuppe« probiert
Und wurde selbst niedergeschmettert.
Selbstverständlich mussten wir nichts dafür
       bezahlen.

Unvergesslich ist ein Ausflug nach
       Schwangau,
Wo wir mit der Tegelbergbahn auf die Höhe
1707 Meter über dem Meeresspiegel
Gestiegen sind und dort Täler, Seen und
       Berge

Vom Vogelflug bewundert haben.
Wir haben auch gesehen, wie Drachenflieger
Und Gleitschirmflieger im tiefen Schnee
Bei böigem Wind starten und fliegen.

Diese Kühnen haben sich heute
Den ewigen Traum der Menschheit zu fliegen,
So frei und geschwind wie die Vögel
Über den Wolken, endlich verwirklicht.

Mein Liebling, damals habe ich nicht gedacht,
Dass ich mich heute an jene kühnen Menschen
Erinnern werde und es immer bereuen werde,
Dass ich leider kein Vogel bin.

Aber doch, bin ja meinem Namen nach Falke,
Nur in der Gestalt einer einfachen Frau,
Die keine Flügel hat und nicht fliegen kann ...
Wär' ich ein echter Falke, wär' ich zu Dir
                                    geflogen

Über dem Regenbogen, bunt wie
Jene Drachen und Schirme im Schwangauer
                                    Himmel
Auf der Höhe 1707 Meter
Über dem Meeresspiegel.

Jetzt, in der Zeit völliger Ungewissheit,
Wo nicht nur wir, sondern niemand weiß,
Was uns allen der Morgen bringt, unterstützen
                                    mich
Meine und uns're gemeinsamen Erinnerungen.

Sie helfen mir weiter zu leben,
Sich auf das Leben zu freuen,
Auf unser baldiges Treffen Hoffnung zu hegen
Sowie nie und nichts zu bereuen.

Du hast so viel dazu beigetragen,
Dass meine Augen vor Glück
Immer leuchten und in der Seele
Stets Geigen erklingen.

Zu einem großen Ereignis in meinem Leben
Wurden meine ersten unvergesslichen Reisen
Mit Dir nach Italien, Spanien und Holland,
Entschuldigung, heute schon die Niederlande.

Alles war für mich neu und einmalig:
Menschen, Sprachen, Straßen und Häuser,
Sitten, Bräuche, Kultur,
Essgewohnheiten und Architektur.

Wir begannen sogar zu lernen
Italienisch, Spanisch und Portugiesisch –
Die Reise nach Portugal war auch im Voraus
geplant,
Aber wurde wegen der gewissen Umstände
unmöglich.

Mein ganzes vergangenes Leben
Hatte ich so viele neue Erfahrungen
Und Eindrücke noch nie gesammelt.
Jeder Tag war erfüllt von wertvollen
Kenntnissen.

Italien! Schon nach unserem ersten Treffen
Hab' bei dir einen Teil meines Herzens
gelassen,
Deine Sprache und Lieder genossen,
Möchte auch deine Tänze erleben.

Malcesine im Nordosten des Gardasees
Mit seiner einzigartigen Atmosphäre
Und dem Blick auf die schroffen Berge
Wurde zu meiner ersten italienischen Liebe.

Gerade hier, über der Panorama-Villa
Mit dem poetischen Namen »Arianna«,
Hab' ich den Nachthimmel mit sehr hellen
                                        Sternen
Und dem Großen Bären gesehen.

Bei passendem Wetter früh morgens haben wir
Von unserem Balkon beobachtet,
Wie viele Windsurfer auf den Brettern
Über den See gleiten, vom Nordwind Ora
                                    getrieben.

Auf den Berg Monte Baldo
Konnten wir mit der Seilbahn fahren
Auf die Höhe von 1770 Metern.
Und dann zu Fuß bis zum Startplatz

Der Gleitschirmflieger und weiter
Bis zum Aussichtspunkt Richtung Torbole.
Hab' dort zur Erinnerung schöne Steine,
Darunter auch ein paar Dolomiten, gefunden.

Während des Aufenthalts am Gardasee
Haben wir gemütliche Städtchen besucht
Mit ihrer exotischen Pflanzenvielfalt –
Sie werden oft in unseren Nachtträumen
                                    erscheinen.

In meiner Vergangenheit
Konnte ich mir nicht vorstellen,
Sogar in meinen kühnsten Träumen,
Jemals nach Holland zu kommen.

Aber Dank Dir hab' ich
Dieses ferne aufgeräumte Land
Schon dreimal, seitdem ich Dich kenne,
Mit Freude und Liebe besucht.

War so froh und beeindruckt,
Dass die schwierige Sportart Windsurfen
Deine langjährige Leidenschaft ist.
Du beschäftigst Dich damit auch weiter.

Dein jährliches Ziel ist Makkum
Am Ijsselmeer in Friesland.
Es ist ein echtes Eldorado
Für Windsurfer aus der ganzen Welt.

Auch mich hat es angespornt,
Diesen Sport irgendwann zu erlernen.
Du hast mir schon die ersten Schritte
In Theorie und Praxis vermittelt.

Makkum Beach war für uns
Der zentrale Ausgangspunkt
Zum Besuch anderer sehenswerter Orte,
Wie Workum, Franeker, Den Helder,

Bolsward, Julianadorp, Leeuwarden,
Hindeloopen und Amsterdam.
In unseren Erinnerungen sind eingeprägt
Diese gemütlichen liebevoll gepflegten Orte.

Jedes Gebäude könnte man wohl
Als ein historisches Objekt betrachten.
Das betrifft auch die Zugbrücken
Und unzählige alte Kanäle.

Mit einem Ausflugsboot haben wir
Von Grachten aus, so heißen auf
                     niederländisch
»Kanäle«, aus anderer Perspektive
Historische und moderne Gebäude gesehen.

Ein Höhepunkt für uns war Amsterdam
Mit dem bekannten Van Gogh Museum.
Dank der Audioführung konnten wir
Das Schaffen und Leben des Malers besser
                     verstehen.

Neben den hervorragenden Werken
Des weltberühmten holländischen Künstlers
Waren hier auch viele Gemälde
Anderer Impressionisten vertreten.

Soweit uns unsere Füße tragen konnten,
Spazierten wir durch die wunderschöne
                     Hauptstadt
Und fühlten uns wie in einem Märchen.
Dabei störten uns hunderte höfliche
                     Radfahrer nicht.

Die Niederländer entsprechen nicht
Den üblichen Stereotypen
Der kühlen und wortkargen Nordlichter.
Sie sind eher warmherzig, gesellig und offen.

Im folgenden Februar führte uns
Unsere Reiselust ins sonnige Spanien.
Eine Zwischenstation machten wir
In der spanischen Stadt Figueres.

Unser lang ersehnter Wunsch,
Das Theater-Museum Dali zu besuchen,
Hat sich schon verwirklicht!
Einen halben Tag haben wir dort verbracht.

Die Meisterwerke von Salvador Dali
Bestätigten seine großen Talente,
Aber auch seine mehrfach gespaltete
Und seltsame Persönlichkeit.

Das nächste Ziel war Almuñécar
In Andalusien an der Costa Tropical.
Am späten Abend schleppten wir
Unser Gepäck in die Ferienwohnung.

Eine merkwürdige Vorahnung
Drängte uns damals, möglichst viel
In kurzer Zeit zu unternehmen.
Málaga war Nummer 1 an der Costa del Sol.

Zunächst besuchten wir das Automuseum
Mit Fahrzeugen aus verschiedenen Epochen und
                                      Ländern.
Sein Konzept war die Automobiltechnologie
Mit der Kunst zu verbinden.

Zur Stierkampfarena im maurischen Stil
Gelangten wir durch einen gepflegten Park
Mit Skulpturen und exotischen Pflanzen.
Die Arena konnten wir nur von außen sehen.

Zu einem großen Erlebnis wurde
Der Schauplatz Balcón de Europa in Nerja.
Einen tiefen Eindruck bekamen wir
Vom Besuch der Tropfsteinhöhlen.

Den Palast Alhambra in Granada
Konnten wir leider nur umrunden,
Weil schon alle öffentlichen Einrichtungen
In Spanien auf Anordnung geschlossen wurden.

Es blieb uns nichts anderes übrig,
Als dringendst die Heimreise zu planen.
Eine Übernachtung in Figueres,
Lange Fahrt über Frankreich – und schon in
                                       Deutschland.

Fast gleich nach der Ankunft – diese schreckliche
                                       Nachricht:
Russland schließt seine Grenzen.
So musste ich dringend nach Hause fliegen.
Es war nur ein kurzer Abschied in Berlin möglich.

Damals haben wir noch nicht geahnt,
Wie viele einsame Tage und Nächte
Uns bevorstehen, und darauf gehofft,
Dass wir uns sehr bald wieder treffen.

Aber auch unser Weizen wird einmal blühen,
Und wir werden zusammen leben,
Schöne Blumen im Garten erblühen,
Können weiter wir wirken und leben!

Liubov Falke

Gen neue Ufer

Obwohl uns große Entfernungen trennen,
Bin ich sicher, dass wir uns bald treffen.
Weg Verzweiflung und bittere Tränen!
Uns're Träume kann nichts zerbrechen.

Der Frühling und Sommer wurden den Menschen
In diesem Jahr so ungerecht weggeklaut.
Den matschigen Herbst ersetzt bald Schnee,
Und ich will von Ausweglosigkeit schreien laut:

Wann werden die Grenzen endlich geöffnet?!
Damit den Liebenden, die sich erst gefunden
Und dann im Weltchaos verloren haben,
Sich eine glückliche Zukunft eröffnet.

Aber mein Herzlicht kann mich zu Dir führen.
Schon mit golden-roten Farben Blätter brennen ...
Kann Deine Herzschläge spüren,
Möge die Zeit nur noch schneller rennen!

Mit Deinem Namen in den Gedanken
Schlafe ich ein und täglich erwache.
Küsse Dich und für alles Dir danke.
Meiner unruhigen Träume bist stets an der Wache.

Sehe uns oft in meinen Nachtträumen,
Jeden Augenblick erlebe ich wieder,
Dann verschwinden im Nu lange Räume,
Und wir hören zusammen uns're Lieblingslieder ...

Stelle mir vor unser neues Haus,
Wo uns nichts und niemand erinnert
An Deine und meine Vergangenheit.
Wir bauen hier unser neues Leben aus.

Alle Gegenstände in uns'rer Behausung
Werden die Wärme uns'rer Hände bewahren,
Alle Sachen werden nur uns'ren Duft haben.
Im Garten werden wir schöne Blumen züchten.

Hast mir gesagt, ich kann hier endlich
Meinen Kindertraum Klavier zu spielen
Verwirklichen, muss zuerst aber ein bisschen
Lernen, als Kind konnte ich Akkordeon spielen.

Kann auch wie eine fröhliche Nachtigall
Singen, wann ich Lust haben werde.
Welch eine Wonne, den eig'nen Gesang
Mit dem eig'nen Klavierspiel zu begleiten!

Platz reicht da auch für meine Bücher,
Die ich liebevoll viele Jahre gesammelt habe
Und für keine Schätze der Welt
Nie und niemandem abgebe.

Alles wird neu in unserer Zukunft:
Menschen, Sprache, Natur, Kulturumgebung.
Am neuen Lebenshafen werden wir sehr glücklich,
Für alles Neue offen. Man lernt ja nie aus.

Danksagung

Danke an alle Autor:innen für ihre interessanten Geschichten, sinnlichen Gedichte und das gegenseitige Lektorat. Gemeinsam haben alle Teilnehmenden unentgeltlich gearbeitet und dabei mit ihrem vollen Engagement Herz gezeigt und dieses Buch ermöglicht.

Ein großartiges Lektor:innenteam hat sich dafür zusammengefunden und fleißig an den Prosatexten und Lyrikwerken gefeilt. Vielen Dank Euch für Eure wertvollen Tipps, Anregungen und Hinweise. Namentlich werden hier geehrt: Roxane Bicker, Denise Yoko Berndt, Marie Wilhelmsen, Tino Falke, Jochen Stüsser-Simpson, Aimée M. Ziegler-Kraska und Matthias Benkard.

Für die Gestaltung des Buchcovers ließ sich glücklicherweise Daniela Szegedi (Coverdesignerin für die ersten beiden Anthologien der Münchner Schreiberlinge *München Legenden* und *Kürbisgemetzel*, als Autorin Dani Aquitaine) gewinnen. Vielen Dank Dir für das geduldige Eingehen auf die genauen Wünsche der Herausgeberin und auch für Dein künstlerisches Können, alle Vorstellungen schöner zu präsentieren als man sich ausmalen kann.

Vielen Dank an meine Ursprungsfamilie und Freunde für das Motivieren und an die heutige Familie für die Unterstützung und Inspiration! Ich danke herzlich meinem Mann Matthias Benkard, der alle Schritte des Buchwerdens mitverfolgt hat und sich zur Mitarbeit beim Korrektorat, dem Buchsatz und dem Lektorat bereiterklärte. Danke auch an unsere Tochter: Sie ließ die Eltern machen und wartete auch auf das »Herzbuch«.

Der tollen Gruppe Münchner Schreiberlinge danke ich für die Möglichkeit persönlich und künstlerisch zu wachsen. Ohne den engen Austausch und ohne Rat und Tat insbesondere von Roxane Bicker und Sarah Malhus, den beiden Vorreiterinnen in Sachen Anthologie-Herausgeberschaft, würde ich diesen Pfad vermutlich nicht zu betreten gewagt haben. Ich danke Euch von Herzen für die Ermunterung, aus der eigenen Komfortzone herauszutreten. Es ist eine wertvolle Erfahrung für eine Schreibende.

Herzlichen Dank an Karl-Heinz Zimmer, den Autor des kostenfreien Belletristik-Satzprogramms *SPBuchsatz*, für das Bereitstellen seiner Software zur freien Nutzung und die genauen Anleitungen und notwendigen Korrekturen, mit denen das Buch rundum schön erscheint.

Danke dem Verein *KulturRaum München e.V.* für seine wichtige Arbeit und erfreulicherweise erneute Kooperation. Auf weitere mögliche Lesungen freuen wir uns schon.

Liebe Leser:innen, danke dafür, dass es Euch gibt! Erfreut Euch an der ausgewählten Lektüre und teilt uns auf LovelyBooks, Amazon und Co. gerne mit, wie es Euch auf den Wanderpfaden der Liebe ergangen ist.

Die Autor:innen

Dani **Aquitaine** wurde in München geboren, ging dort zur Schule und studierte Marketing-Kommunikation sowie Graphik-Design. Im Alter von acht Jahren begann sie auf einer alten grünen Reiseschreibmaschine ihre ersten Geschichten zu tippen. Heute schreibt sie am liebsten auf ihrem Balkon am grünen Stadtrand von München, in den Hügeln der Toskana oder auf langen Zugfahrten irgendwo dazwischen. Neben dem Schreiben als unabhängige Autorin arbeitet sie als Graphik-Designerin, trainiert Bogenschießen und spielt E-Bass und Klavier.

Mehr über Danis Bücher und Geschichten findest du auf *dani-aquitaine.de* und Instagram (*dani.aquitaine*).

Franziska Bauer, geb. 5.1.1951 in Güssing, Russistik- und Anglistikstudium an der Universität Wien, wohnhaft in Großhöflein bei Eisenstadt, Gymnasiallehrerin im Ruhestand, Alphabetisierungstrainerin und Schulbuchautorin, schreibt Lyrik, Essays und Kurzgeschichten für Zeitschriften und Anthologien.

Förderpreis der Burgenlandstiftung Theodor Kery 2016 für den kostenlosen Deutschlehrbehelf für Flüchtlinge *Neustart mit Deutsch*. SPIN-Gütesiegel 2019 des Österreichischen Sprachen-Kompetenz-Zentrums für die Alphabetisierungsfibel *Sag, wie geht das Alphabet?* und den *Neustart*, beide erschienen im E.Weber-Verlag Eisenstadt. Erster Preis beim Essaywettbewerb des Werkkreises Literatur der

Arbeitswelt (*Nicht Arbeit, sondern Müßiggang?*, Anthologie *Nachdenken über 4.0*, 2019 Verlag Kulturmaschinen).

Einzelpublikationen beim Münchner Apollon Tempel Verlag (*www.apollontempelverlag.com/verlag/autoren/franziska-bauer/*): *Max Mustermann und Lieschen Müller* (ISBN: 978-3981876840). *Auf des Windes Schwingen*, zweisprachiger deutsch-russischer Lyrikband (ISBN: 978-3981876888).

Homepage: *www.galeriestudio38.at/Franziska-Bauer*
YouTube: *Franziska Bauer*
Amazon: *www.amazon.de/Franziska-Bauer/e/B07GQ4RPFF*

Roxane Bicker wurde 1976 in Kassel geboren. Nach dem Studium der Ägyptologie, Koptologie und Ur- und Frühgeschichte arbeitet sie seit 2005 als Museumspädagogin im Staatlichen Museum Ägyptischer Kunst und lebt mit Mann, Sohn und Katze in München.

Neben der Geschichte hegt sie auch eine Leidenschaft für die Astronomie, den Weltraum und die Sterne.

Aus einem bibliophilen Haushalt stammend, war es nur eine Frage der Zeit, bis sie selbst zu Papier und Stift bzw. später zum Laptop griff und ihre eigenen Geschichten verfasste.

Informationen zu ihren aktuellen Projekten finden sich auf ihrer Autorinnenseite: *www.roxanebicker.com*

Matthias Sebastian Biehl wurde 1978 in München geboren und wuchs zunächst in den Ortsteilen Solln und Forstenried auf. Später zog seine Familie in den Münchner Vorort Ottobrunn. Er studierte Chemieingenieurwesen und lebt und arbeitet heute in Penzberg in Oberbayern. Schon zu Schulzeiten ging er seinem Hang zum kreativen Schreiben nach und veröffentlichte in den letzten Jahren Kurzgeschichten in einigen Anthologien.

Homepage: *www.the-real-biehl.net*

Anna-Lena Brandt, geboren 1993 in Lübbecke, wohnt seit 2018 in Paderborn, wo sie Literatur- und Medienwissenschaften studiert.

Ihre Hobbys sind Lesen, Reisen, Theaterspielen und das Schreiben, von dem sie schon früh begeistert war.

Sie hat bereits Lesungen in Ascheberg und am Gymnasium Mariengarden in Borken-Burlo gehalten und eines ihrer Gedichte ist in der Sammlung *Frankfurter Bibliothek* veröffentlicht worden.

Ein Text von ihr ist in der Anthologie *Heiße Sommer und Urlaubslieben* im August 2020 erschienen.

Zudem ist im Herbst 2020 ein weiterer ihrer Texte in der Anthologie *Verzaubert – Mein Herz schlägt queer* erschienen.

Jürgen Buchholz wurde 1966 in Düsseldorf geboren. Nach einer Berufsausbildung und Tätigkeit als Buchhändler studierte er Germanistik und Philosophie. Hauptberuflich arbeitet er als Lehrer in Marl. Mit Begeisterung absolviert er das Fernstudium *Prosaschreiben* bei der Textmanufaktur. Er lebt in Bottrop.

Liubov Falke wurde in der Ukraine der ehemaligen Sowjetunion geboren. Als leidenschaftliche Philologin erwarb sie eine Universitätsausbildung der romanisch-germanischen Abteilung im Fach Deutsch und deutsche Literatur. Sie arbeitete als Deutschlehrerin in Mittelschulen, an Hochschulen und als Dolmetscherin bei *Intourist*. Lange Jahre war sie als Leiterin der Kulturabteilung, Korrespondentin, Übersetzerin und Korrektorin bei der regionalen deutschsprachigen Wochenschrift in der Altairegion in Westsibirien tätig.

Im Ruhestand widmet sie mehr Zeit ihren Interessen und Hobbys wie Sprachen, Literatur, Poesie, Musik, Singen, Fotografieren und Reisen.

Sie wohnt in Moskau.

Tino Falke wurde 1988 in Rostock geboren, hat in Freiburg studiert und lebt in Hamburg. Nach dem Comiczeichnen in seiner Jugend fand er zum Schreiben. Am meisten Freude hat er daran, das Alltägliche mit dem Fantastischen zu verknüpfen, um zu beleuchten, was in und zwischen den Menschen vorgeht – in vielen Genres wie Fantasy, Steampunk, Science-Fiction und Horror.

Kurzgeschichten von ihm erschienen in Magazinen wie *c't*, *Exodus*, *Nova* und *Gegen Unendlich* sowie in mehreren Anthologien, u.a. von *Art Skript Phantastik*, *ohneohren*, *p.machinery* und *Hirnkost*. Sein erster Roman *Crow Kingdom* erscheint bald im Amrûn Verlag. Weitere Veröffentlichungen sind in Arbeit.

Mehr auf *tinofalke.de*.

Kristin Fieseler, geboren 1965 in Nürnberg, in Hessen aufgewachsen. 1995 hat sie ihren Diplom-Chemie-Ingenieurtitel erworben. Während des Chemiestudiums zeichnete sie Comics für die Fachschaftszeitung.

2004 absolvierte sie ein Fernstudium als Drehbuchautorin bei ILS in Hamburg. Ihre drei englischen Drehbücher erreichten zwischen 2006 und 2010 das Halbfinale und Finale beim amerikanischen Screenplay Festival im Genre Comedy.

2012 verlagerte sie ihren Schwerpunkt auf Kurzgeschichten und Theaterstücke. Bisher wurden zwölf Kurzgeschichten veröffentlicht. 2016 erreichte sie den zweiten Platz beim Kurzgeschichtenwettbewerb *Zeilen.lauf* in Baden bei Wien. Neben humorvollen Geschichten schreibt sie auch zum Thema Liebe oder für Kinder. Seit 1998 arbeitet sie hauptberuflich als technische Redakteurin bei verschiedenen Softwarefirmen.

Interessante Kurztexte: *http://lillibernstein.blogspot.com/*
Die neuesten eBooks auf: *www.amazon.de*
Twitter-Account: *Lilli Bernstein*

Lucia Herbst, Anfang der 1980er Jahre geboren, kommt aus einer russischen Familie mit medizinisch-künstlerischem Hintergrund. Das Medizinstudium deckte ihr naturwissenschaftliches Interesse ab. Im Schreiben verbindet sie ihre Liebe zu Sprachen, Kulturen und Büchern mit Kreativität und Fantasie.

Sie lebt mit Mann, Kind und Kater über den Dächern Münchens. Das Schreiben gelingt ihr am besten, wenn es regnet und der Kater satt ist.

Barbara Kloska, Jahrgang 1958. In Bochum geboren, aufgewachsen und bis heute mit Mann nebst drei inzwischen erwachsenen Kindern dort ansässig – also durch und durch ein echtes Kohlenpottkind. Als Lyrikerin rückt sie gern das in den Fokus, was durch nüchterne Sachlichkeit des Alltags oft bagatellisiert und diffamiert wird: die Tatsache, dass der Mensch nicht nur ein rationales, sondern auch ein emotionales und spirituelles Wesen ist. Dieses Axiom findet sich auch in ihren Kurzgeschichten wieder, in denen die Protagonisten oft suspekt wirken und ausgegrenzt werden, weil sie ihr Leben nicht allein den Kopfentscheidungen unterwerfen – egal, ob sie in der Realität agieren oder in einer Fantasywelt. Während manche Erzählungen in Anthologien veröffentlicht wurden, haben lyrische Werke bislang vor allem bei Offenen Bühnen das Interesse der Zuhörer gefunden.

Lidia Kozlova-Benkard wurde 1980 in der UdSSR geboren. Ihr Interesse an der deutschen Sprache und Literatur führte sie nach München, wo sie heute mit ihrer Familie lebt.

Während und nach dem Studium an der LMU unternahm sie zahlreiche kulturelle und geschichtliche Ausflüge unter anderem in München und im Umland.

Die vorliegende Anthologie präsentiert ihre ersten veröffentlichten Lyrikwerke.

Homepage: *https://lidia.benkard.de*

Sarah Malhus, Jahrgang 1989, schreibt schon ihr halbes Leben. Tagsüber in einer Personalabteilung tätig, verbringt sie ihre Freizeit am liebsten mit Literatur, sei es produzierend oder konsumierend. Genreübergreifend schreibt sie alles, was ihr die Plotbunnys bringen.

Die Autorin wohnt mit ihrem Lebensgefährten und zwei Kaninchen nördlich vor Münchens Stadttoren. Derzeit überarbeitet sie ihr Erstlingswerk, einen Fantasyroman im Einzelband. Die Veröffentlichung ist für Ende 2021 geplant.

Weitere Informationen und Veröffentlichungen:
Homepage: *www.schreibmaid.blog*
Instagram/Twitter: *@schreibmaid*

Matthias Rothe lebt seit 2006 in seiner Wahlheimat München. Er ist studierter Informatiker und hat bereits zwei Fachartikel im *Java-Magazin* veröffentlicht. Sein Beitrag in dieser Anthologie ist seine zweite fiktionale Publikation. Er hat drei Kinder.

Barbara Senek wurde in der Ukraine der ehemaligen Sowjetunion geboren. Sie ist Berufschoreographin, widmet sich aber auch dem Lesen, Malen und Prosa- und Gedichteschreiben.

Sie treibt Sport, liebt Natur, besucht Gemäldeausstellungen und Kino. Zur Zeit schreibt sie Erzählungen über das Leben.

Sie lebt in Russland.

Jochen Stüsser-Simpson liest, joggt und schreibt gern in verschiedenen Genres und Landschaften.

Letzte Veröffentlichungen: Lyrik, in: Axel Kutsch (Hg.), *Versnetze_13*, Verlag Ralf Liebe, April 20. *Lockdownlyrik*, in: *Das Gedicht.Blog* April 20. *Neben dem Asphalt*, in: *Mohnblumen. Sehnsucht nach Norden*, in: *Lyrik in Köln*, Karnevalsausgabe 2020. *Sternenblicks kleine Lyrikbibliothek* Bd. 2, Mai 20. *Nature Writing – am Wrack*, in: *zugetextet.com 7/8*, Dez.19, Hg. Walther Stonet. *Lob der Beichte*, in: *Gedichte über Gott und die Welt*, Hg. Anton G. Leitner, Reclam

Verlag, Ditzingen/Stuttgart 2019. *Schauderwelsch*, Papierfresserchen-Verlag, Langenargen 2019. *Kurzgeschichten und Lyrik*, Einzelveröffentlichung 330 S.

Ältere und neu veröffentlichte Texte siehe Internet.

Lesungen 2019/20: *Lyrik Kabinett München, Mainzer Minipressen Messe, Lesebühne Hamburg-West*, auf der *Altonale* in Hamburg, zuletzt im *Kulturforum Metzingen* im Februar 2020, dann kam Corona.

Andreas Vohburger: 1988 in Bayreuth geschlüpft, wurden Bücher seine erste große Liebe. Konkurrenz gab's durch die zweite große Liebe: die Musik. Hat ihn letztlich zu Kafka und Heavy Metal geführt. In München dann die dritte große Liebe gefunden und geheiratet. Über das Studium der Germanistik und Geschichte mit der Zwischenstation Musikbusiness schließlich in der Bibliothek gelandet.

Ein gleichermaßen kurzes wie furchtbares 007-Drehbuch war mit 13 das erste literarische Erzeugnis. Kurzgeschichten, Gedichte und ein Mini-Theaterstück folgten. Seine Frau sagt immer, er solle doch mal »was Nettes« schreiben. Fällt ihm mit Blick auf die Welt leider schwer. Für die Liebe-Anthologie hat er sich aber bemüht. Heraus kamen *Eingefroren* und *Paradise Park*, seine ersten Veröffentlichungen.

Bloggt sehr unregelmäßig auf *https://pleasuretogrill.wordpress.com/* und *https://andererseitsblog.wordpress.com/*.

Claire Walka *1978 in Stuttgart, lebt in Hamburg und ist Autorin und Filmemacherin. Ihre Kurzfilme sind international auf Festivals zu sehen, außerdem veröffentlicht sie Kurzprosa und Lyrik in Anthologien und Zeitschriften, z.B. in *Sterne* (Anthologie zum *fm4 wortlaut* Kurzgeschichten Wettbewerb 2018), *Der gelbe Schuh* (Anthologie zum Würth-Literaturpreis 2018), *Maulkorb, ARTIC Magazin, Literaturzeitschrift Haller, DUM, Federlesen* (Anthologie zur Schreibwerkstatt der Jürgen Ponto Stiftung), *Hessens beste Kurzgeschichten, Karussell, LUKS-Magazin* oder *Szene Hamburg*.

Verschiedene Stipendien, wie im Künstlerhaus Lauenburg (2010) oder in der Villa Willemsen (2019). Sie performt bei der Lesereihe *Smells like writers' spirit feat. NOiSY HEART* und ist Mitglied im *writers' room* sowie im *Forum Hamburger Autorinnen und Autoren.* *www.clairewalka.de*

Marie Wilhelmsen ist ein Pseudonym. Gewählt hat sie es in Erinnerung an ihre Großeltern, Marie und Wilhelm, die ihr eine wunderbare Kindheit schenkten, reich an Märchen und Geschichten.

Geboren wurde sie im südlichen Niedersachsen, dort verbrachte sie auch ihre Kinderjahre. Bald jedoch verschlug es die Familie nach Bayern. Hier wurde zunächst München ihre Heimat, dann die Region westlich des Ammersees, nun ist sie in Germering daheim.

Viele Jahre lang blieb ihr neben Familie und Erwerbsleben kaum Zeit, sich ihrer Passion, dem Schreiben, zu widmen. Doch das Leben schreitet fort, und es kam der Tag, an dem es hieß: jetzt oder nie mehr. Ihre Entscheidung hieß jetzt, und nun verbringt sie so gut wie jede freie Minute damit, die Geschichten aufzuschreiben, die schon lange in ihr schlummern.

Claudia Windirsch, in München geboren, beendete mit der Kinderpause ihre Tätigkeit als Rechtsanwältin und widmete sich neben der Familie vielfältigen künstlerischen Aktivitäten. So wirkte sie zwei Jahre im Frauenmusikkabarett *Die Rabenmütter* als Musikerin (Klavier, Akkordeon, Saxofon), Sängerin, Komponistin und Texterin mit. Ferner war sie drei Jahre beim *Bayerischen Staatsschauspiel* (Residenztheater München) als (auch musizierende) Kleindarstellerin engagiert (darunter verschiedene Gastspiele und Theaterfestspiele). Seit 2001 verfasst sie Gedichte und Kurzgeschichten, die seither in Literaturzeitschriften, Anthologien und im Internet veröffentlicht werden. Seit ihrer Ausbildung zur staatlich geprüften Chor- und Ensembleleiterin mit Hauptfach Klavier arbeitet sie jetzt freiberuflich als Solo-Musikerin, Klavierbegleitung bei Chorkonzerten, Korrepetitorin,

Klavierlehrerin und kreative Künstlerin. So veranstaltet sie immer wieder musikalische Lesungen mit ausschließlich eigenen musikalischen und literarischen Werken (zuletzt: *Von Träumen, Albträumen und realen Zwischenräumen*).

Aimée M. Ziegler-Kraska, ihres Zeichens verträumtes Nerdgirl, ist studierte Buchwissenschaftlerin. Ursprünglich aus dem Rheingau, ist sie dem Rhein treu geblieben und lebt heute mit eigener Bibliothek in Düsseldorf.

Veröffentlichungen bisher: Lyrikanthologien des *Daniil Pashkoff Prize*, *Lyrischer Lorbeer* und *Sternenblick*.

Privat bloggt sie unter *seitenhain.de*.

Inhaltswarnungen / Content Notes

Folgende Liste wurde gewissenhaft erstellt, doch kann keine Garantie für ihre Vollständigkeit übernommen werden.

Dani Aquitaine, Sonnenzungen: Tod (erwähnt)

Barbara Kloska, Dein volles Herz: Wunden (erwähnt)

Jürgen Buchholz, Not: Alkohol, Erotik (erwähnt), Aggressivität, Beleidigungen, Rauchen, Handgreiflichkeit (Ohrfeige)

Andreas Vohburger, Paradise Park: Arbeitsunfall (erwähnt), Tod eines Angehörigen (erwähnt), Pleite, Schwertkampf, Blut

Roxane Bicker, Fraktale: Alkohol

Matthias Sebastian Biehl, Danke: Tod eines Angehörigen (erwähnt)

Lucia Herbst, Wiedersehen: Albträume, Hinrichtung (erwähnt), Übelkeit, Aufzugfahrt, Gewalt, Ohrfeige, Tod, Begräbnis